天童荒太作品

永远的仔
えいえんのこ
① 再见

永遠の仔（一）再会

〔日〕天童荒太 著

朱田云 译

人民文学出版社

著作权合同登记号　图字 01-2021-1595

Original Japanese title: EIEN NO KO 1. Saikai

Copyright © Arata Tendo 2004
Japanese paperback edition published by Gentosha Inc.
Simplified Chinese translation rights arranged wih Gentosha Inc.
through The English Agency (Japan) Ltd.

图书在版编目(CIP)数据

永远的仔.1，再见/(日)天童荒太著；朱田云译. —北京：
人民文学出版社，2021
（天童荒太作品）
ISBN 978-7-02-016818-7

Ⅰ.①永⋯　Ⅱ.①天⋯　②朱⋯　Ⅲ.①长篇小说—日本—现代
Ⅳ.①313.45

中国版本图书馆CIP数据核字(2020)第253102号

责任编辑　卜艳冰　陶嫒嫒
封面设计　钱　珺

出版发行　人民文学出版社
社　　址　北京市朝内大街166号
邮政编码　100705

印　　制　凸版艺彩(东莞)印刷有限公司
经　　销　全国新华书店等

字　　数　166千字
开　　本　787毫米×1092毫米　1/32
印　　张　7
版　　次　2021年12月北京第1版
印　　次　2021年12月第1次印刷

书　　号　978-7-02-016818-7
定　　价　50.00元

如有印装质量问题，请与本社图书销售中心调换。电话：010-65233595

目录

序章　001

第一章　一九九七年春　015

第二章　一九七九年五月二十四日　115

第三章　一九九七年五月二十四日　131

第四章　一九七九年初夏　191

序章

强劲的南风将孕育着雨水的云团吹向濑户内海。

阳光被云团撕裂成几束，穿过云间缝隙，落至横跨日本四国地区中部的东西向群山上。一座座笨兽般的大山在日照下显现亮眼的绿色。漫山遍野的山樱、长蕊杜鹃、毛蕊杜鹃、皱叶木兰等或粉或白，在阳光下绽放斑斓的光彩。

群山之中，有一座高耸入云的山峰，山顶被浓雾笼罩，难以窥见巅峰的面貌。

这里被誉为西日本的最高峰。在几乎垂直的山体北面，一个小小的身影正牢牢地攀住山岩。

是一名十二岁的少女。

她正不断地向上攀爬。

上身穿着白色运动衫和露营夹克，肩上背着黑色登山包，但没戴手套。

粗黑的铁索上满是被风雪侵蚀的锈迹与被人反复握抓后导致的污垢。纵然内心有着对坠至谷底的恐惧，手掌皮肉有着撕裂般的疼痛，她依然咬牙强忍，牢牢地抓住铁索，一步一步向上爬。

听说只要登上山顶，就能获得"永远的救赎"。

然而现在，她的视线之内唯有流动的白云与浓雾，完全看不到上面还有多高。

在她那男孩模样的短发间，豆大的汗珠一颗颗从额头落下，流进眼眶，渗入双眸——她的那双黑眸从小就被夸赞好像鹿仔的眼睛。

少女的脚上穿着登山鞋，稳稳地踩在铁索的圆环内。她用左手抓紧铁索，用右手抹了一把汗水。

她眨了眨眼，扭头看向身后。层峦叠嶂的群山间，云团如波浪般涌动、互相吞噬，向北方翻滚而去。

她已经爬过海拔一千五百米处，即将到达海拔两千米处。

这条铁索向上可直达北面绝壁的顶峰。但除了铁索上的圆环，根本没有其他落脚之地。

这座高峰自古以来就被奉为"灵峰"，这条铁索原本是为修行之人准备的。

若从铁索上失足，坠至谷底的岩石上，必死无疑。然而还是不断有人来到这里。他们不仅为来世祈福，更希望解除现世的烦恼，祈愿获得救赎。据说甚至连直不起背的老人都来挑战铁索，攀登顶峰。

少女明白，如果不能登顶，不能获得人们所说的"永远的救赎"，就必须去做一件事。那件事的可怕程度令她觉得坠下山崖反而是一种解脱。

少女的左脚刚离开铁索上的一个圆环，正准备踩向上方的另一个圆环时——因为前几天下过雨，铁索上很湿滑——突然右手打滑，一把抓空，身体向下一颤。

此刻，体重一下子都压在左手，痛感从左肩一下子延烧至左腰。眼看着右脚也快滑出铁环，少女试图用力踩稳，却一脚踏空，右脚也脱离铁环，身体开始摇晃起来。

少女的身体随着摇摆的铁索撞向山岩。她的右手应急地抓住一块突出的山石，这才稳住了身体。

她的嘴紧贴着铁索，喘息时，铁锈味在她的口腔内蔓延。

虽说姑且无碍，却让她产生了强烈的求死欲——不如松手，摔死了，就一了百了。

就在这时——

"你还好吗？""没事吧？"从下方传来两个声音。

少女吃了一惊，扭头顺着双肩包方向朝下看。

就在少女下方二十米左右，一个穿牛仔裤、红色运动衫，外加一件红色收腰短夹克的矮个少年正和她攀爬在同一条铁索上。

那少年虽然个头矮小，但身手矫健，长着一张眉清目秀的娃娃脸。虽然同为十二岁，看起来却比少女更显年幼：运动员似的寸头、高挺的鼻梁、稍向前鼓起的下巴，一看就是个倔脾气。

少年双手抓住铁索，抬头向上喊着："别气馁！好好向上爬！"

少女继续朝下望，矮个少年身后还有一个穿蓝色防风夹克和蓝色运动衫的瘦高个少年。

瘦高个少年的刘海很长，额前的发丝间露出一双单眼皮的细长眼，闪着聪慧的光芒。他脸色苍白，眉宇间透出忧郁的气质。他也是十二岁，但看上去比少女显得年长一两岁。

他甩了甩挡着眼睛的刘海，也向上喊道："救赎！你不是想获得救赎吗？"一边喊一边指着山顶。

少女不懂两个少年为何要追随她而来，转头继续向上攀爬。

她小心翼翼地把前脚掌踩进圆环，双手双脚一并发力向上攀登。又爬了二十米左右，干扰视线的云雾消散了。

阳光照得少女备感刺眼，只能闭着眼，伸手向上，边摸边爬。

触手所及全是坚硬的山石。为了避开刺眼的阳光，她用手臂遮在眼前，勉强睁眼，观察四周。顺着铁索方向，她爬到了铁索前端的一块巨石上。巨石的左斜面已被削平，上方可以立足。再往前，则通往一条小路。

少女将重心移到左脚，踩到平坦的岩石表面，确认铁索的固定端。铁索在巨石上绕了好几圈，被牢牢拴住。巨石上立着一块标示牌，牌上的箭头指向那条小路，还写着"山顶"两个字。

少女喘着粗气。

"到了！"她朝下方大声喊道。

两个少年发出的欢呼声很快传到了上方。

少女沿着巨石边的小路继续向前。走了十米左右，眼前豁然开朗。因为是暖冬，所以虽然今天才是四月五日，但此地已无一丁点残雪。

在这寸草不生、只有石头与沙砾的山顶，有一块五六平方米的四方形空地，颇显单调。穿过这块空地，前方就是下山路。

少女是爱媛县县立双海儿童综合医院八号楼的患者。此次登山，是院方为祝贺少女等人出院而组织的一次纪念活动。

对于这些患过心理疾病而即将出院的孩子来说，今天的登山活动是他们最后一次接受登山疗法，也是他们获得自信、重返社会、去迎接新学期或新学年之前的一个仪式。

住院部八号楼的孩子在住院期间也常在医院附近的小山上接受登山疗法，早已习惯爬山。不过，今天爬的高度是平时的三倍以上，因此负责带队的医护和特殊教育学校的老师提前指示过，不得走铁索那条路，必须沿着坡度较缓的盘山路，迂回但安全地慢慢向上爬。

别的孩子都乖乖地听从大人的指示。

但少女坚信，只有沿着危险的铁索爬上山顶，灵峰才会显灵，她才能得到"神的救赎"。她趁医护和老师不注意，一个人悄悄离队，豁出性命，沿着铁索爬上山顶。

少女迎着山下吹来的冷风，虔诚地等待着"永远的救赎"。

然而，她等了好久，始终不见有任何迹象显示人们所说的"永远的救赎"。

山顶的一角建有一座用来祷告的小庙，地坪由混凝土固定，砌着砖墙，大小约为两平方米。此刻，庙门紧闭。

据说小庙里以前供奉着三尊神像，现已被搬至位于七合目[①]的神社里，七月一日会被搬回这里。少女当然不是为了参拜神像才爬上山顶的。

"为什么……"少女强忍泪水，抬头问天，"不是说可以获得救赎吗？……不是说这里是灵峰吗？"

然而少女并没有得到任何回答。

这时，两个少年也爬了上来。他们在山顶转了一圈，焦躁起来。

"怎么回事？只有这么小的一座庙，怎样才能获得救赎？"穿红色短夹克的矮个少年说。

穿蓝色防风夹克的瘦高个少年走到小庙前，双手合十。

"算了！别傻了！"矮个少年打断瘦高个少年虔诚的祈祷。

穿蓝衣防风夹克的少年不为所动，继续祈祷。

四周依然没有任何变化。

"叫你别做这种傻事！"矮个少年气呼呼地说。

"也许会发生什么呢。"瘦高个少年说完，没过一会儿，也自言自语道，"看起来什么都不会发生了……"他嘟囔着背对小庙，一屁股坐在地上。

少女紧咬嘴唇，眺望群山。

在温暖阳光的照耀下，天空已与刚才不同。放眼望去，山峦清晰夺目。

群山的形态各异。杉树、松树、山毛榉等是由深到浅的绿，山樱花的柔和粉色与木兰花的亮丽纯白则对照鲜明。通往山下的道路

---

① 日本对山的高度的计量以合目为单位，总高为十合目，七合目即为山的七成的高度。

线条清晰——所有的一切如立体画卷跃入眼帘。

然而，风景再美，也无法打动少女的心。她移开视线，看向别处。

往东南方向两百米处有一座高峰——少女方才眺望四周、焦急地等待神的救赎降临时并没有注意到这座岩峰。

高峰的尖顶直刺天空，像有人已将其多余的部分削切干净，显得特别尖锐、险峻，有一种高耸的孤独感。虽然少女已站在山顶，但那座险峰看起来比少女所站的地方更高。

住院时，少女曾听特殊教育学校的老师说，这座灵峰是西日本的最高峰。她在风景图册和观光指南里也看到过。

少女离开小庙所在的山顶，朝那座更高的山峰的方向，沿小道探路前行。

途中，小路分岔。

一条向右，向下走十几米可以到达一间供登山者休息的小屋，里面传出好像正在休息的登山客交谈的声音。小屋前方的路与迂回上山的登山路交会。从山下通向山间小屋的这条登山路修整得很完好、很安全，不过现在还没看到双海医院的其他孩子、医护及特殊教育学校老师的身影。

另一条通向那座看起来更高的山峰，但似乎中间无路可走。

少女朝更高峰的方向走去，走到看似无路的地方停了下来，探头观察。

其实并非无路，而是再往前的路是向下延伸的。再往前，十米左右处，有一段狭长的山脊通向那座更高峰。

少女喘着气说："有路！小路和那边的高峰连着，那里才是真正的山顶！"

不等两个少年回复，少女率先向下走去。

山脊的斜面陡峭、险峻，稍有不慎，就会坠入谷底，粉身碎骨。少女将重心倚向山体，竭尽全力地保持平衡，从一块岩石谨慎地迈步到另一块，小心翼翼地前行。

眼看快要走完这段山脊，却有一块高岩挡在尽头处，即使伸直了腿也跨不过去。于是少女毫不犹豫地飞身跳了过去。

少女跳到宽不及半米的山脊上，屁股着地，上半身已经歪向山谷。她赶紧拼命用手撑住身体。

少女抬头看着还没向下走的两个少年："别下来！太危险了！会摔下去的！"

"说什么呢！"穿红色短夹克的矮个少年一脸生气的模样，边说边攀着岩石走向那段山脊。

穿蓝色防风夹克的瘦高个少年紧随其后。

两个少年像少女一样纵身跳过最后一块高岩，也都屁股着地，摔在了山脊上。

等两个少年站起身，少女说："也许那上面还是什么都没有。豁出性命地爬上去，却可能什么都没有。"

矮个少年噘起嘴说："那你干吗要爬？"

少女无言以对。

"你还在犹豫吧？"瘦高个少年说，其实他自己的表情也显得有些踌躇，"你还在犹豫到底要不要去做那件事，对吗？你是不是觉得也许还有别的更好的办法？"

"爬上去！爬上去！到底该不该做，爬上去了，自然会清楚。"矮个少年说。

少女稍微犹豫了一下，站在三人小队的最前方，在被雨水淋得极易滑倒的山脊上勇敢地继续向前迈步。

三个人排成纵队，在海拔将近两千米的山脊上牢牢地盯着自己的脚下，缓缓前行。风从侧面刮来，小小的身躯随之晃动，时不时踢到的石块从他们脚边沿着陡峭的山崖滚落谷底。

越接近高峰，山路越险峻，此刻他们已无法直立前行。

三个人来到与峡谷形成钝角倾斜的山体前，依次沿着斜面匍匐，向上攀爬。没有保险绳，没有登山用具，甚至连手套都没有，他们忍着双手皮开肉绽般的疼痛，一步一步、艰难地徒手向上爬。

大约爬了二十分钟，视野突然开阔。

挡在眼前的巨崖消失，天空一望无垠，四周不再有比他们更高的存在。已然入春的四国地区的丘陵、群山及山谷间涌动的乳白色云海都在他们脚下。

高山之巅就像悬浮在空中，只有一平方米左右可以立足。

三个人看到眼前竖着一块标示牌，上面写着"海拔1982米"。

他们依偎在一起，站在高山之巅，环顾四周。

整个世界俨然就在脚下。山风徐徐，这是专属于他们仨的春风！一想到这里，少女不由得心潮澎湃。

她是第一次感受到这样的风，这是浩瀚无垠的宇宙以伟大的力量打造而成的……

然而等了很久，山巅和山下都没有发生任何变化。

"为什么？"矮个少年声嘶力竭地向天空挥手高喊，"我们费了那么大的劲儿才爬上来的呀！这里不是灵峰嘛！显灵给我们看啊！"

瘦高个少年垂头丧气地靠着标示牌坐下，说："对普通人来说也许是灵峰，但和我们这种人一点关系都没有。"

矮个少年瞪了他一眼："什么意思？"

瘦高个少年摇摇头说："因为我们是被社会抛弃的那类人，即便来到这里，神也不会给我们救赎。能救我们的……"

"能救我们的只有我们自己！我们必须去做那件事，对吧？"

"反正我是这么想的。"瘦高个少年点头赞同。

少女双唇紧闭,下意识地踢了踢脚下的沙石。一阵风吹起,挟着沙尘坠入山谷。

少女看着渐渐散去的沙尘,想起两个少年以前对她说过的话:

"这个世界一定会毁灭。没有人真心爱这个世界,所以当世界毁灭时,所有人都将在劫难逃。不过,也许当世界毁灭时,我们这样的人反而会遇到转机。因为我们是这个世界上被抛弃、被否定的那类人,所以当这个世界被否定时,也许我们会获得翻身出头的机会……"

少女心想:只留我们在神山之巅,现在!马上!世界毁灭……那该有多好……

回到下面的世界一定会很痛苦。下山后,他们仨注定要分别。这叫人情何以堪?

现在最重要的就是去实施那个计划,这关系到他们仨今后在这个世界上的生存与发展。然而,真的要去做吗?实在太可怕了!

"你怕了?"矮个少年注意到少女的表情变化,问道,"该不会想说算了吧?"

少女不置可否地歪着脑袋。

瘦高个少年也担心地问道:"其实在你内心深处,根本不想做那件事,所以才爬到这里,想寻求别的救赎方法,对吗?"

少女坚决地摇摇头。

"在这种地方祈祷一下就能得救?我根本没相信过。他们都说这里是灵山,爬到山顶便能获得救赎。但怎么可能!要不是因为没有别的指望,而且大家都这么说……我只是想爬上来看看……其实不过是自我安慰罢了……我需要一个契机来下定决心——如果爬到这么高都没有获得救赎……那么,除了做那件事,我别无选择。"

少女尽量克制住自己的感情，保持语气平静，摸了摸标示牌，继续说，"虽然已经决定要去做，但还是想得到某种认可。我本以为攀上神山之巅就可以得到神的庇佑，以为豁出性命地爬到山顶就能得到神的准许……"

少女面向太阳站立。左侧的谷底涌起滚滚浓雾，在强烈的日照下，浓雾的粒子似乎在颤抖。

矮个少年逞强地笑道："没事，就算神不准许，我也要去做！"

瘦高个少年直视少女的脸："只要有你的认可和庇佑，我就去做！一定会让你、让我们都获得救赎！"

少女站在二人中间，听着他俩好似争宠的表白，反而更加不安，大声喊道："那我呢？谁……谁来庇佑我？"

这是发自内心深处的呐喊，却被浓雾吞没，没有人给出回答。

少女背对两个少年，背对太阳，用手背抹去眼泪。

就在这时，少女看到浓雾里出现了一个"东西"，不由得定睛凝视。

这里明明是被浓雾包围、任何野兽都不可能出现的断崖绝壁。

但少女确实看到有个"人"站在那里。

而且身体在发光！身形几乎与少女一样，身体周边发出淡黄色的光芒，头部还有彩虹般的光环。

少女大惊，以双手捂嘴。

"发光少女"也将双手抬至脸部位置。

"看！"少女指向"发光少女"。

"发光少女"也指向少女，彩虹光环延展、散开，再交织成手的模样。

两个少年也注意到"发光少女"的存在。

三个人都亲眼看见"她"悬浮于浓雾之中。非梦，亦非幻，而是确乎在眼前。莫非这正是……神？

如果是神，一定会给出神赐之物，诏告神谕！

少女和两个少年静静等待着。就在这时——

"那是你自己！"一个低沉的声音从背后传来，"那是你自己的影子呀！"

少女听罢，不由得哆嗦了一下，回头望去。

不知何时，一个戴墨镜的男人也爬了上来，所站的位置略低于他们仨。男人指着少女，平静地解释："浮现在浓雾中的，是你自己的影子。你动，影子也会动。"男人的声音低沉且浑厚，他的脸上有了皱纹，身上穿着深色登山服。

男人看看少女，又看看"发光少女"，继续说明："这种现象与太阳的位置和雾的浓度有关。浓雾如同电影院里的银幕，可以映出人的影子。因为在德国的布罗肯山上经常能看到这种现象，所以又被称为'布罗肯现象'。古时候，人们以为这是神或佛的现身，其实是你自己。你现在看到的是你自己的影子。"

戴墨镜的男人微微一笑。

少女怒不可遏，满心厌恶，恨不得立刻把这个男人推下山崖。

她正要发火，一旁的矮个少年抢先开骂："闭嘴！"

瘦高个少年也挥起拳头，故意把稚嫩的嗓音压低、变粗，大声喊道："滚开！"

男人依然保持微笑："我把这么重要的知识教给你们，你们就用这种态度回报我？你们的父母没教过你们要懂礼貌吗？"

"这就是他们教我的！"矮个少年从短夹克口袋里掏出一把折叠水果刀，亮出刀刃，刀尖对着男人，喊道："再胡说八道，现在就捅死你！"

瘦高个少年也跟着喊道："不想死就赶紧滚！现在就滚！"他

撩起额前的长发，朝男人脚边吐了口唾沫。

男人仍在微笑，静静地转过身，仿佛钻进山里似的，瞬间消失。

少女转身，重新面对"发光少女"。

"那不是我，而是从天而降的真实存在，特地为我而来。"

少女向"发光少女"挥挥手。

"发光少女"也朝少女挥挥手。

"那个人在对我们笑，是吧？一定为了告诉我们什么，才来到这里的。"

"对！"矮个少年点点头，热血沸腾，"那个人是来保护我们的，一定是为了认可我们的决定，才出现在这里，为了对我们说'去战斗吧！'"

"没错！"瘦高个少年点头赞同，也兴奋得满脸通红，"我们已经很清楚必须去做的理由和方法，只差做成那件事的力量了。一定不容易，当然会犹豫，所以那个人才出现在这里，庇佑我们，为我们加油！"

矮个少年将水果刀收回口袋："像我们这样的人，能活到今天，受了多少罪啊！所以必须去做！不做，就会自己完蛋！"

瘦高个少年兴奋地挥着拳头："要是什么都不做就回到下面的世界，我们肯定没法好好地活下去。让我们用自己的双手去改变命运！"

少女边听边犹豫：做了那件事之后，是否真的能获得救赎？

也许不是救赎，而是彻底的毁灭。

少女双手合十。

"发光少女"也双手合十。

少女瞪大了眼睛，向"发光少女"默默祈祷："请告诉我们，真的该去做那件事吗？为了获得救赎，我和他们必须去做那件事吗？如果我们的决定是错的，请说'不行'，请阻止我们！但如果为了获得救赎，为了让我们的存在被认可，就真的必须去做……请保佑我们，拯救我们！"

少女的祈祷还没完成，从三个人身后吹来一阵大风，眼前的浓雾消散开来。

"发光少女"也渐渐消失。

少女急着向"发光少女"伸出手。"发光少女"刚向少女伸出手，就在刹那间完全消失。

风越刮越大，巨大的黑色云团朝远方的群山渐渐涌去。

气压越来越低，远方的黑色云层间闪现电光，却不闻雷声。静音的闪电持续了很久，少女与两个少年的头顶却依然艳阳高照。

三个人走下山巅。

准备去干掉那个人。

第一章

一九九七年春

1

深夜,护士值班室里响起急促的呼叫铃。

久坂优希停下手中的输液准备工作,奔向呼叫器显示仪。

她按下亮灯的病床号按键,取下话筒。

"妈妈……"听筒里传来一阵呜咽。

"怎么了?"优希问。

"妈妈!你快来……"听筒里继续传来微弱的求助声。

优希对着话筒鼓励道:"等一下哦,我马上过去。"说完,挂上话筒,转身向正在调整桌上输液袋的夜班搭档护士确认道,"你一个人没问题吧?"

比优希更年轻的夜班护士满脸疲惫,点点头说:"又是那个爱撒娇的小雅吧?只要副护士长您在,他总是'妈妈''妈妈'地叫个不停……"年轻的护士说完,叹了口气。

优希一边走出值班室一边解释:"他的父母在他很小的时候就离婚了,别的孩子还在撒娇的时候,他已经没了妈妈……不能怪他。"说完,直奔病房。

日历显示,立春刚过去十天。

正是一年中体感最冷的时段。病房里,每天晚上都会特别调高暖气的度数,消毒水的味道与排泄物的臭味等混合在温热的空气中,在病房楼的走廊底部沉淀成一股独特的臭气。

一到走廊上就会感到那股臭气特别冲鼻,但优希已习以为常。

优希走进一间四人病房,稍稍拉开靠窗床位的隔帘,侧身走近病床,打开床头灯。

"怎么了?今村先生?雅之先生?"优希温柔地问道。

"妈妈……"一只满是皱纹的手伸向优希。

病床上躺着一位瘦骨嶙峋、眼窝深陷的老人，他看着优希，噘起嘴说："你好慢！"

"对不起。"优希说着，握起老人的手问，"怎么了？"

"我难受……"

"是因为尿布吗？刚刚换过吧？"

"但就是难受嘛。"老人撒娇地说。

"好吧，那再给你换一块。"优希掀起老人的被子，扯开上下分体式病号服下身前裆的粘扣。

老人枯枝般的双腿与雪白的一次性成人尿布形成鲜明的对比。

老人赌气似的将视线转向别处："你故意晚来！欺负我！"

"怎么会呢？我呀，最喜欢我们的今村雅之了。"

"叫我小雅嘛。"老人希望优希这么称呼他。

"好，小雅，小雅。不过今村雅之是你的大名，还是让我叫你的大名，好吗？而且这对你来说也是一种治疗哦。"

为了不使患者感到难堪，优希把老人的身体翻转向靠窗一侧，扯出尿布，却发现并无尿痕。

优希假装换了一片，但其实只是把原来那片可以说还是全新的尿布又垫了回去。

"好了，怎么样？舒服了吧？可以转过来了。"优希把手搭在老人的肩上说。

老人转过脸，像个孩子似的继续撒娇："我要喝水。"

优希拿起床头柜上的塑料杯，一手扶着老人细瘦的脖子，一手喂他喝水。老人刚喝了一口就立刻吐了出来，满脸不乐意地抱怨说："这水太温吞了。"

优希赶紧把水杯放下，拿起毛巾擦了擦老人湿漉漉的下巴和脖子说："冰水对身体不好，还是喝这个吧。"

"我不喝。你走!"

"不行哦,我太喜欢我们雅之了,还是让我留下照顾你吧。"优希说着,为老人盖好被子。

"真的吗?你真的喜欢小雅我吗?"老人蠕动着干瘪的嘴唇说。

"当然啊。不管我们的雅之做什么,我都喜欢。"

老人把瘦弱的胳膊伸出被子:"手!"

优希握住老人的手,关上床头灯:"我会一直在你身边,安心地睡吧。闭上眼,慢慢吸气……呼气……对,就这样……"

优希确认老人睡着后,才离开病房,回到护士值班室。

优希所在的多摩樱医院是一家综合医院,地处神奈川县川崎市,从日本铁路川崎站向北约两公里,位于第一京滨道与多摩川之间。当地居民一般称这里为"樱医院"。优希在这家医院八楼的老年科病房工作。

普通内科病症、动脉硬化引起的疾病、脑血栓引起的脑血管型痴呆症等老年患者都在这里接受治疗和复健。

与其他偏重护理的老年医院有所不同,这里的老年科病房的宗旨是让老年人接受治疗后,得以重新回归社会。

此外,在相关医科大学以阿尔茨海默病为研究课题的专家的主导下,该科室也接受少数阿尔茨海默病患者入院进行各种尝试性治疗,诸如让他们与脑血管型痴呆症患者一起接受改善脑细胞代谢、促进脑细胞循环的药物治疗、复健理疗等,力求缓解该类患者的痴呆症状,最终实现回归社会的目标。

老年科病房共有四十二名住院患者,其中八名为脑血管型痴呆症患者,五名为心脏病或代谢障碍等脑部疾病以外的疾病引发的痴呆症患者。阿尔茨海默病患者住在最靠里的病房,共有四名。

优希与另一名年轻护士负责照料这些患者，随时观察患者的病情，定时为大小便不能自理的患者更换尿布。

天亮前，她们的工作内容包括：为可能生褥疮的患者翻身，为已经生了褥疮的患者擦拭背部、腰部后涂上药膏，为患有呼吸系统疾病的患者清理积痰，还要为每位患者测量体温、血压并随时观察体征变化。

在此期间，患者们还会这个睡不着、那个要喝水，这个拉屎、那个撒尿，这个叫疼、那个喊痒……导致呼叫铃不停地被按响。优希与同事不停地奔走于各个病房之间，完全没有落座歇脚的工夫，最多只能喝口水或往嘴里塞块饼干。

天快亮时，过来接班的中年护士告诉优希："外面下雪了。"

七点是患者们的早饭时间。优希和两位兼职护士一起喂患者吃早饭。

半数以上的患者去不了食堂。很多患者就算能去，也因为痴呆而无法自行进食，特别是吃饭极其费力的阿尔茨海默病患者，在征得家属同意后，一般会让他们比其他人晚半小时开饭。

八点，总算喂完了所有人的早饭。白班的护士们也来到了医院，优希回到护士值班室进行交接。

一起值夜班的年轻护士已满脸疲倦地回家了。优希独自留下来检查护理记录，把年轻护士没写完的记录修正、补齐。做完记录，她发现一位白班护士请假没来，于是继续协助晨间护理。

"副护士长，真的不用了。"见优希下了夜班还在工作，白班护士赶紧相劝。

"早点做完，患者们的负担也能少一点。"优希笑着说"没事"。

她帮患者翻身，搀扶患者如厕，去诊疗室或复健室，等等。

不知不觉又忙了一上午。回到护士值班室，优希觉得腰疼得厉害，只得靠在护士台一侧。

"副护士长，您没事吧？"一位比优希稍年轻的护士关心地问道。

"没事，职业病。"优希边回答边勉强挺了挺腰，"而且年纪大了嘛。"说着，露出一丝苦笑。

稍年轻的护士笑着说："我和朋友见面时也总会捶腰叫疼，朋友都笑我像中年大妈了。"

一旁的另一位护士说："朋友？我猜是你和男朋友翻云覆雨的时候姿势做不到位才被说的吧？"

"我哪有时间交男朋友？说实话，有没有男人真的无所谓，倒是担心这样下去，以后可怎么生孩子啊！"

"据说十个护士里有三个会累到流产。"

"那些坐办公室的人，有谁能来帮忙就好了，其实我们又不会故意让她们换尿布、做脏活。"

回到护士值班室的其他护士都跟着笑起来。

优希笑着离开值班室，走进员工盥洗室。

她站到镜子前，把护士帽朝上推了推，露出栗色的刘海。重新整理好护士帽之后，她发现自己的眼圈明显发黑，便用手指按了按，感觉还有些浮肿，皮肤回弹得很慢。

她那双乌溜溜的黑眸从小就被夸看起来像仔鹿，现在却疲惫不堪，布满严重的黑眼圈。短发、小脸的她曾经看起来是那么年轻、有活力。就在几年前，还有很多人猜她的年龄比实际小五岁。

然而现在，明明她才二十九岁，却皮肤暗淡，光泽不再，连表情也经常呆滞、无神，甚至有人说她看起来已年过三十。

她长长地舒了一口气，弯下腰准备洗脸。突然，一阵剧痛从腰部直蹿头顶。她慌张地抬起头,顿感天旋地转,瞬间失去知觉。

优希被一股消毒药水味呛醒了。

睁开眼,看到住院部的内田护士长站在面前。

她觉得自己现在身处的房间很熟悉,定睛一看,才发现是护士值班室的里屋休息间,自己正躺在休息室的沙发上。墙上的挂钟显示已是傍晚时分。

她刚想起身,却被内田护士长一把拦下。

"再躺会儿,还在打点滴呢,马上就好。"

她这才发现自己的枕边有个输液架,左腕上扎着用胶布固定住的输液针。

"对不起……我……"

"你在盥洗室里昏倒了。"内田护士长表情严肃地说道。四方形下巴令她看起来颇有威严,性格和说话方式都很男性化。

优希向内田护士长低头致歉:"实在对不起,工作时间……"

"什么工作时间?你是夜班,早该回家了,居然还在白班帮忙!早饭都没吃吧?"

"因为白班有人请假,而且夜班期间我没照顾好病人……"

"什么没照顾好?我看是好过头了!"

"我还很不成熟,只有比别人多干活,才能赶上别人。"

内田护士长坐在椅子上跷起二郎腿:"久坂副护士长!对你这种拼命的作风,我个人是非常感激又极其佩服的。但你不能不顾及自己的身体呀!"

"我觉得没什么。"

"都昏过去了还说没什么?户冢主任已经得了慢性肾炎,不是一两天能治好的。如果连你也累倒了,我们老年科病房只能关门了!"

"连自己的健康都管理不好,说明我真的还很不成熟,工作上有很多不足之处。在照顾患者的过程中,也一定有很多疏漏和不足。"

内田护士长无可奈何地说:"你之前在内科和外科各做过两年,从老年科开设至今又做了四年吧……我刚才去院办公室提要人的事了。这年头本来就缺护士,何况现在的年轻人都不喜欢老年科,院里还提出要把你调去儿科。"

"啊,儿科……"

"我知道你不喜欢儿科。而且为了确保老年科的护理工作,绝对需要你这样的工作狂。院办公室也很清楚这一点。我个人非常希望你一直在这里做下去……"

"我觉得这里的工作很适合我。"

"可是,我以前也跟你说过吧?你这种干法,让别的护士很难做。大家都说:'我们再怎么努力也绝对赶不上久坂优希!'患者们也都把你作为标准,按照你的水平,把别的护士视为不合格。"

"您误会了。病人也常训我,还朝我吼'不行!讨厌!滚!'什么的。"

"那是他们把你当妈,跟你撒娇呢。他们是想回到孩提时代,重寻母爱。他们可不会向别的护士要求这些。"

输液瓶里的药液滴完了。内田护士长为优希拔掉针头,继续说道:"我也是见你好说话,所以平时总叫你加班,休息日也叫来上班,一直差使你……今天算是彻底明白了:你又不是机器。"

优希接过脱脂棉球按在左腕的扎针处。"瞧您说的,什么差使不差使的,我只是想做一个对患者更有用的人。"

内田护士长叹了一口气,温柔地看着优希:"对你这种工作狂说住手也是白说。不过你至少要遵守正常的排班时间，到了下班时间，即使再忙也得回家休息。这是护士长的命令。"

"知道了。"优希一边答应一边站起身。

护士值班室与里屋休息间之间隔着的帘子被拉开一条缝，一位实习护士探头进来："抱歉，打扰，久坂副护士长，有您的电话。外线打来的。"

"谁？"优希问。

实习护士低下头，怯怯地说："对不起，是总机转来的，说找您……我没问对方是谁，只知道是个男的。"

内田护士长半开玩笑地说："偶尔去约会也很好。"

"哪有人和我约会？"

"听说放射科、麻醉科都有你的爱慕者……你很受欢迎呢。"

"您快别取笑我了。"优希说完，逃也似的跑出护士值班室。

优希拿起放在桌上的听筒："抱歉，久等。我是久坂。喂……喂？喂？"

对方没有出声，但优希知道对方并没有挂机。

"喂？哪位？"

对方一声不吭地挂断了电话。

内田护士长见优希的表情有些不对劲，忍不住问道："怎么？"

优希放下电话听筒说："打错了。"

"不会吧？特地通过总机转来，指名道姓说找你，怎么可能是打错？以前好像也有过吧？"

优希点点头："不确定是不是同一个人……您不在的时候也有过好几次。"

"好几次？"

"差不多两个月一次。"

内田护士长听完，眉头紧锁。

优希心中涌起一股莫名的羞耻感："每次接到这种电话都觉得很恶心，但之后倒也没发生什么事。只是每次刚刚淡忘就又打来了。冷静想来，除了每两个月来这么一次，别的没什么。"

"从什么时候开始的？"

"从我刚到这家医院工作就开始了。"

"那么久了？有没有想到会是谁？"

"没有。也许真的只是打错了。"

"有没有受到过实际的伤害？比如被谁跟踪之类的？"

"那倒完全没有。"

"该不会是你当了谁的第三者、惹到了正牌？"

"您……"优希急得话都说不出来了。

内田护士长笑了笑："你要是有个绯闻什么的，也许大家反而会松口气。总之，还是要注意啊。做我们这行的，有时会被患者以奇怪的方式喜欢上。当然也有刚好相反的。"

"我明白。"优希回到休息间，把沙发整理了一下，准备回家。

突然，值班室里传来内田护士长的声音："今天的夜班有人临时请假，谁能顶一下？"

见没人回应，优希走出休息间，主动请缨："我来吧。"

内田护士长和其他护士转身看着优希，都难以置信地摇头。

优希举起右臂，摆出一副充满干劲的架势。

优希在医院前的公交车站坐上大巴，沿南武线到鹿岛田站下车，再换乘电车回家。

正值高峰时段，从川崎开往立川的南武线电车非常拥挤。优希在武藏小杉站下车时，太阳已经下山。早上下过一阵小雪，但经过一整天的日照，早已融化无踪。

穿过车站前热闹的商业街，优希走进住宅区。顺着一条街灯寥寥的小路向南步行十五分钟左右，看到一片房龄在十五至二十年、整齐划一的住宅区。

狭窄的小路两边是一栋栋屋宅，门口大多摆放着圆形、长方形花盆，盆中多为耐寒植物。虽然各家种花的热情程度似有不同，但可见屋主们至少是讲究生活情趣的。

有些人家的门前空地上还种了山茶花等低矮小乔木，或红或粉的花朵正含苞待放。

然而，小路尽头处，一栋门牌上写着"久坂"的屋宅周围，别说花盆，连像样的物件都没有。

优希的母亲不喜装饰。与色彩缤纷的邻居家相比，优希家显得特别单调、无趣。

"哟，这不是优希嘛！回来了？"优希在自家门前遇见邻居家的太太，对方正出来取晚报。

优希赶紧寒暄："冈部太太好。您家的樱花一开，大家就知道春天来了呢。"

年近六十的冈部太太得意地看着自家的院子："花呀，只要照顾它，就会以美丽来回报，不会辜负栽培它的人。我们家那几个孩子可差远了。"

优希苦笑道："瞧您说的……我们家什么都没种，真羡慕您家有这么漂亮的花。"

冈部太太摆了摆拿着晚报的手："我们家的孩子全都要独立，出去单过了，我只剩下种花这点儿乐趣。要说羡慕，你母亲才让人羡慕呢……听说你弟弟聪志马上要当检察官了？"

"也不知他哪里修来的福气，在司法研修所实习的时候，偶然被检察院的老师看中了。"

"因为他优秀嘛。你母亲总算松了口气,能卸下肩上的重担了。接下去就是优希你的婚姻大事了吧?怎么样?有男朋友了吗?是医生吗?"

"没有。"

"说笑吧?"

"真的没有。"

"怎么可能?这么漂亮的姑娘,性格又好,要是好好打扮打扮……绝对好得无话可说。"

优希顺着冈部太太的视线,低头看了看自己的着装——厚厚的短夹克搭配牛仔裤。上身的服装至少会随着四季而变化,下身一年到头不是牛仔裤就是宽松长裤。她从不穿裙子,即使出席正式场合,也最多穿一身套装,还是裤装。

"一天到晚穿得像个男人似的。这么好的身材,要是换上一条超短裙,追求者可不得排成长龙啊!"

"您真会说笑。"

"工作肯定是重要的,但女人嘛,迟早得结婚生子。要我说啊,女人真正的幸福日子是从结婚生子之后才开始的。"

优希做了个鬼脸:"我啊,早就不当自己是女人了。"

"又乱说。你得让你母亲早点儿放心啊。"

"我妈有聪志就行。"

"你母亲常常愁眉苦脸。你可得早点儿让她抱上第三代。"

"那是聪志的事。"优希轻松地打趣道。

突然——

"够了!"

优希听到从自家屋宅中传出一阵吼叫声。

像是有人在压低声音吵架。

"我已经不是小孩子了！"

接着是噼里啪啦摔碎玻璃的声音。

优希对邻居太太匆匆说了声"抱歉"，急忙跑回家。

门没锁，优希推门而入，朝里面喊："吵什么？邻居都听到了。"

从优希右手边的房间里走出一个高个青年，看都不看优希一眼，抓着楼梯扶手正欲上楼。

"聪志！"优希叫住比自己小四岁的弟弟。

聪志停下脚步，回头看着优希。

他的刘海很长，遮着了一双忧郁的双眼皮大眼睛，那双眼睛此刻正惆怅地看着优希。明明模样很帅气，但斜眼看人的他仿佛总在鄙视他人，给人傲慢无礼的印象。

聪志一言不发，扭头上了二楼。

优希脱掉鞋，走进客厅。

在这间约十三平方米的日式房间内，暖炉桌下铺着电热毯。除了衣柜、佛龛、电视机等日常用品，没有其他任何装饰性家具。这里也是母亲志穗晚上的睡房。

此刻，母亲志穗并不在这里，而是在与此相连、不到十平方米的厨房兼饭厅里，正蹲在厨房的地上。她穿着廉价的裙子和罩衫，披着一件灰色对襟毛衣，弱小的身体缩成一团，把打碎的玻璃花瓶碎片一块一块地拾到报纸上。

"妈……"优希想上前帮忙。

"别过来！"志穗厉声喝止。

优希站在两个房间的交界处。

"会把你的手划破的。待在那儿别动。"志穗虽然语气柔和，却看都不看优希一眼，低头继续收拾碎玻璃。

优希读幼儿园、小学的时候，母亲一直是优希的同学仰慕的对象。遗传给了优希一双黑眸的志穗也有着一双水汪汪、乌溜溜的黑眼睛，加上一头飘逸的长发，连当年还是孩子的优希都觉得母亲美得不可方物。如今才五十四岁的志穗却已满头白发，早已剪去了曾引以为豪的长发。

优希曾多次劝母亲去染头发，但不知从什么时候开始，母亲不仅整日素面朝天，甚至连外出的时候都不抹口红了。

也许是因为步入了更年期，这些年，母亲越来越忧郁，神情也越发黯然，看起来比实际年龄老了十几岁。

优希看着母亲僵硬的后背，突然，一股莫名的焦躁和悲伤涌上心头。她压低声音对母亲说："您和聪志刚才吵得好大声，我在外面都听到了。到底怎么了？"

志穗仿佛没有听见优希的问题，冷冷地说："别傻站着，把吸尘器拿来。"

优希把仍背在肩上的包放在客厅，从壁橱里取出吸尘器："花瓶是谁砸的？"

"不小心碰倒的。"志穗接过优希递过来的吸尘器，开始处理地上的玻璃渣。

优希把报纸包着的玻璃碎片放进不可燃垃圾袋里。

志穗关掉吸尘器，表情呆滞地说："他说不当检察官了。"

优希回头看着母亲："聪志？"

志穗点点头。

优希不解："检察院不是已经给了他录用通知吗？难道又不要他了？"

志穗把吸尘器放回原处，回到客厅，有气无力地坐在暖炉桌边:"是他自己说不去了。"

优希追到客厅,站在房间门口。

"为什么?"

"他不肯说。"

"不去检察院?那他打算干什么?"

"他说要当律师。"

优希松了一口气:"我还以为多大的事呢……"

"当然大了!检察院的检察官,他说不当就不当啊!"

优希在母亲身边坐下:"是挺意外的,但毕竟没有离开司法圈嘛。而且是律师哦,大家不是都很羡慕当律师的嘛。"

"哪有?律师得靠客户才有饭吃。检察院可是铁饭碗!明明人家都已经看上了他,干吗要当什么律师?太不稳定了。"

"进律所工作,拿工资,学本事,哪里不稳定?"

"那是把自己的一辈子交给别人的工作!出一点错都不行。"

"当检察官会不一样?"

志穗觉得头疼,一边按压太阳穴一边说:"检察官是公务员,即使出错,也不用那孩子一个人担着。而且不用担心客户。"

"我对您这观点可不敢苟同。"

志穗想起刚才和聪志的争吵,一下子声泪俱下:"你们这些孩子真不懂事!每次我一提钱啊、稳定啊,你们就说我俗……我还不是希望你们过上好日子、为你们的将来着想?怎么就惹得你们讨厌了呢?"

"谁讨厌您了?但聪志有自己的打算吧?"

"这孩子成心和我过不去!让我发愁,报复我。"志穗用纸巾擦着眼角,看也不看优希地说,"你也是!"

优希觉得很是莫名其妙:"我又怎么了?"

"你快三十岁了,还不结婚,整天值夜班,像是在故意远离幸福。你这样就是在欺负妈妈!"

"您能不能别说这种莫名其妙的话?我是想要工作才工作的。能为别人做点儿事,我心里高兴。"

"我希望你能先为自己做点儿事,珍惜自己。"

"我现在努力工作就是为了自己,就是珍惜自己。"

"赶紧结婚吧。你一天不结婚,我就一天放不下心。"

"又来了!您总说这些和我过不去的话,是您欺负我!"

这回轮到志穗莫名其妙:"我欺负你?"

优希避开志穗的目光,站起身:"总之,聪志已经不是小孩子了。既然是他自己的决定,我们谁说都没用。"说完,拿起自己的包,离开了志穗的房间。

优希回到二楼自己的房间,也不开灯,把包一扔,脱掉外套,在黑暗中长长地叹了一口气。

她用双手拍了拍脸颊,走出房间,站在对面聪志的房间门口。

优希像在发泄不满似的用力敲门。

"我进去了。"不等聪志回答,优希推门而入。

聪志仰面躺在床上。

以男孩子的房间而言,聪志这间屋子算是相当整洁的。优希看着书架上摆满的法学书,开口问道:"是你砸了花瓶?"

"什么?"

"我在外面听到了。"

"不是故意砸的,吵着吵着,不小心碰到的。"

"为什么吵?"

"你去问老妈。"

"吵几句,至于砸花瓶吗?就你这样,还想当律师?"

聪志一时语塞，但又顶嘴说："都当我是傻子好了。"

优希走到聪志的床前，低头看着弟弟："检察官的工作之前不是已经定了吗？"

"我本来就没怎么想当检察官，不过是之前实习的时候，检察院的老师叫我去，我觉得还不错而已。但那种工作，很多时候会由不得自己。"

"毕竟是公务员，人在屋檐下，不低头不行。"

聪志一脸严肃地仰望姐姐："你觉得，我这个人怎么样？"

优希不明所以："什么怎么样？"

"你怎么评价我？"

"当然是很了不起啊。听说司法考试能两次就通过的屈指可数，所以连检察院的老师都看好你，邀请你过去呀。"

"可老妈不这么想。她说公务员是铁饭碗，就算犯错，也可以继续工作。她一天到晚只想着如果犯错怎么办、失败了怎么办。"

"妈妈是担心你。"

"我一直把姐姐你当作榜样，好好努力，不浮不躁，脚踏实地……但自己的路要自己走，对吧？可老妈就是信不过我。比起相信我的实力，她更相信公务员的头衔。"

"我觉得妈妈不是那个意思。"

"如果就这样当一个司法界的小官僚，一辈子循规蹈矩，那我的存在价值在哪里？"聪志的声音有些颤抖，意识到自己过于激动后，他有些惭愧地转过脸，"当公务员根本没自由，收入也是论资排辈，天知道哪天才能出头。但如果是当企业法相关的律师，即使年纪轻，也可以赚大钱。等业务熟练了，用不了几年，就能自己开律所。"

"哪有那么简单？"

"当然，一般肯定得先在别人的律所里做几年，学习业务，拓展人脉，积累经验。但事实上，也有人在结束司法实习后，二十四岁就开了自己的律所。"

"那一定是特别优秀的人吧？"

"我进的就是他的律所。"

"是怎样一个人？"

"我读大学的时候，他来担任过我们研讨会的特别讲师，是那时候认识的。他是企业法和商法方面的专家，经常聘用法律系的在校生去他的律所做兼职。他既当企业顾问，又处理民事案件，很快便在业内打开知名度。我读书那会儿在他那里做过兼职，跟他很熟。如果去那些知名的大律所，一开始就只能跑腿打杂，但他答应让我进去后立刻接手大案子。他和你一样年纪，比我大四岁。我和他特别投缘。我参加司法考试的时候，他给的建议非常受用。他说他早就看好我了。"

"以前好像没听你提过这个人。"

聪志冷笑一声："你跟我提过你们医院的事吗？"

"那么优秀的人，真的愿意请你做事？"

聪志一下子坐起身："检察院的老师不是也请我去当检察官吗？你不相信我有这份实力？真是的！居然是自家人最不信任我。"

"我是担心你。"

"你确定不是嫉妒吗？"

"什么意思？"

聪志的脸上掠过一丝冷笑："如果去检察院，不知道会被派去哪里，而且一开始肯定会被打压在底层，即便有心要对人、对事负责，都不可能有丝毫的自由。美其名曰工作稳定，实则要事事忍耐。你是希望我过那样的一生吧？"

优希越听越糊涂:"为什么你会觉得我有那种想法?"

"你真的希望我活得自由自在吗?不必看人脸色、受人管束、为人跑腿打杂,活得风生水起、无拘无束,你真的觉得这样好?"

"你觉得好就好啊,干吗说话绕这么多弯?"

"因为姐姐你就是被束缚着过日子!"

"我?"

"我觉得你一直被束缚、被压抑,每天在为别人而活。"

"我觉得我活得蛮自在的。"

"那你干吗不结婚?干吗不嫁人?"

"因为没对象啊。"

"那么多人说要给你安排相亲,你答应过谁?那么多人想约你出去,你跟谁出去过?哪次不是随便找个借口把人家拒绝掉?这么多年来,你去哪儿玩过?有什么兴趣爱好?不仅是你,老妈也是,你们都一样,活得好憋屈。快活的日子对你们来说反倒像是一种罪孽。你们活得像殉道者。"

"不是的,妈妈也……"

"好孩子!姐姐,你是她的好孩子。可你们想过生活在好孩子和殉道者身边的人的感受吗?从小到大,我其实和你一样,一直在她的期待中成长,不知不觉选择了令她引以为豪的人生道路。但现在我已经受够了。我要过和你们不一样的人生。"

房门突然被打开。

"我要去见一下那位大律师!"志穗面无表情,边说边走进聪志的房间,"自家的孩子要承他关照了,总不能不去问候一下吧?我想问问他,招你进去之后,打算怎么对你负责?"

聪志站起身:"开什么玩笑!我不是小孩子了!"

志穗态度坚决:"你啊,长得再大都是我的孩子!"

"您不是已经看到我取得的成绩了吗?干吗不像认同姐姐那样认可我?您去过姐姐工作的医院吗?您干吗非要用您的意志绑架我的自由?"

"因为妈妈在乎你呀。"优希插嘴解释。她看到母亲露出复杂的眼神,交织着愤怒、悲伤与后悔,还有欲语还休的难言之隐。

优希避开母亲的眼神,继续对聪志说:"那位大律师……我代表妈妈和他见一面,行吗?"

"放过我吧!"聪志绕过优希,推开志穗,走出房间。

"聪志!"志穗大叫。

聪志飞快地冲下楼。

优希也从志穗身边穿过,跑到楼下,一把拽住正要出门的聪志的手臂:"见是必须去见的。妈妈的脾气,你应该知道。"

"够了!"

"妈妈如果不亲眼看到你得到幸福,是不会放心的。她的身体不好……是你突然说要换工作让她感到不安的,所以你也稍微让一步吧?要不,我不去,还是让妈妈去见?"

聪志猛地晃动身体:"这个家……我受够了!"

"你说什么啊!"

"一定是那个时候……全毁了。我们这个家……早在很久以前就已经完了。"

聪志甩开优希的手,冲出大门。

优希赶紧穿上鞋追出去,却已不见聪志的身影。

2

虽说才二月,东京日比谷公园里却可以听到小鸟的欢歌,令人感到生机盎然。因为公园内有香樟、大叶梽、黑松等很多常绿树，所以即便银杏和榉树的叶子早已掉落，公园内仍是一片深绿。早晨，公园里满溢着浓郁的木叶香气。

长濑笙一郎坐出租车来到日比谷公园，叼着烟，下车走进公园。

和那些抄近道前往政府机关上班的路人同行片刻后，长濑在音乐礼堂前离开人群，走过一片四照花，来到一座地势略高的小广场。

小广场周围有几条古旧的长凳，广场边上种着几株紫薇，树叶早已落尽，仅留枝干在晨风中摇曳。

笙一郎把烟头塞进随身携带的烟灰盒，无意间碰到了边上的一株紫薇。他抚摸着光滑的树干，闭上眼回想往事。当年的那个少女和两个少年历历在目。

一声叹息后，笙一郎睁开双眼。因为不想把长款皮衣弄脏，坐下前，他从口袋中掏出手帕垫在长凳上。

他又点了一支烟，看了看手表，发现时间还早。

笙一郎不喜欢挤电车或大巴，因为生理上无法接受与陌生人一道被关在封闭的空间里。为了确保能打到车，他总是提早出门。

他给手表设了三十分钟后的闹铃，再从公文包里拿出随身听，戴上耳机按下播放键，闭目倾听。

不了解的人一定会以为他在欣赏古典音乐。曾经有熟人碰巧看到他这副模样后调侃："一大清早就这么有雅兴啊。"

其实耳机里放出来的是街上随处兜售的相声段子，一方面是为了放松，另一方面可以从你一言我一语的段子里学习针锋相对的技巧。比起他现在所处的世界，很多相声段子里的语言更具哲理，也更能刺激他。

笙一郎听相声的时候也没停止抽烟，但才抽了一半就塞进便携式烟灰盒，又点燃另一支。

听到闹钟响起，他按下暂停键。到了早上八点四十分。出生于四国地区的笙一郎用夹生的关西方言自言自语了一句："扒分去喽！"然后双手拍拍脸颊，起身离开公园。

马路对面是法务省所在的中央合同厅舍六号馆，最高检察院和地方检察院位于六号馆的B栋，边上是家事法院，再往南是律师会馆。笙一郎走过天桥，来到六号馆B栋前，解开黑色大衣，向警卫亮出别在西装上证明律师身份的徽章。

笙一郎穿过大楼一层，经过原法务省的红砖楼，来到樱田街，对面是警察厅和人事厅所在的合同厅舍二号馆，边上是警视厅大楼。

在钢筋水泥建成的巨大立方体与宽阔道路纵横交织的大都市面前，人类显得无比渺小。初来乍到时，笙一郎感觉自己差点被这种嘲笑人类存在的大都市气氛吞没。不过现在，他已经懂得如何反过来去利用这个将一个个的人贬为无名之辈的大都市。

穿过地下通道，笙一郎来到东京警视厅大楼门前，站岗的是一名二十多岁、穿警服的巡查。笙一郎走上前，套近乎地打招呼："没见过你嘛，新来的？"说着递上一支烟，"一大早就得站岗啊，辛苦了，来一支？"

巡查微微歪了一下脖子，一脸疑惑，没有致意，也没有拒绝。笙一郎解开大衣，一边亮出别在西装上的向日葵徽章一边说：

"万一有金钱方面的麻烦，别去里面咨询。要是在政府部门留下那种记录，想出人头地就难了。我是东京律师协会的长濑，有事记得找我。"

笙一郎说完，笑着从巡查面前走进楼内。

他来到接待处，说要找刑事部搜查二科的科长。被问及见面事由，他说是为了与昨晚被抓的嫌疑人面谈。

接待处的女职员问道："有批文吗？"

笙一郎故意插科打诨，挤眉弄眼："别顶真嘛。开玩笑吧？民主警察还需要那一张破纸？人权呢？我们都是讲人权的，对吧？"说完指了指洗手间方向，自顾自地走了过去。

穿过大厅，走进洗手间，笙一郎站在镜子前看着自己。他讨厌被当成那种土里土气的法律界人士，所以特意穿了一套银灰色西装，显得有型、帅气。

他身高一米七五，略显清瘦，但身材匀称。头发偏长，单眼皮、薄嘴唇。若是闭上这张一开口便能赚大钱的嘴，他总是给人一种悒悒不乐的印象。虽然到今年冬天才满三十岁，但很多人都以为他至少三十四五岁了。

他用漱口水漱口，去除嘴里的烟味，再次回到大厅。没过多久，负责高智商犯罪的第四搜查部的一名警官朝他走过来，一脸遗憾地说："为了防止证据被毁，一律不让见面。对不起了。"

笙一郎撇嘴笑了笑："至于吗？需要我向律师联合会的交涉委员会打报告并写上您的大名吗？说实话，真那样做，您也会觉得麻烦吧……要不，考虑考虑？"软磨硬泡了十多分钟，警官终于答应让笙一郎与那名因违反证券交易法而被捕的嫌疑人面谈。

嫌疑人名叫平泉，以前曾与笙一郎一起参加过司法实习。二人其实分属不同的律师协会，平泉却指名要笙一郎当他的辩护律师。

"怪我太大意了……但毕竟只需把右边的数字移到左边就能有数亿日元的进账啊！而且并没有人因此受伤害。我自己为这事儿还向别人借了钱……只能说是鬼迷心窍吧。"平泉自嘲地说。

平泉曾是一家大企业的法律监察。在企业公布第三方增资前，平泉以朋友的名义大量买进该企业的股票。公布增资后，股票价格暴涨，他马上抛售套现，因此犯了内部交易罪。

笙一郎在有限的面谈时间内快速地了解案情的大致经过、平泉所在律所的处理意见、作为平泉客户方的企业的态度等情况，建议平泉向律师协会的纪律委员会主动提交报告。

"行啊，反正已经准备接受惩罚了。"平泉使劲地摇了摇头，似乎早已作好被处分的准备，"不过想找个人聊聊罢了……"

笙一郎微微苦笑了一下："我们只不过一起参加过司法实习，关系有那么好吗？"

"这世上没有谁和谁是真的关系好，所有人只看名片上的头衔来判定亲疏，所以我这种水平的才会被捧成什么企业并购专家。我哪有那么大的本事？还不是大半借助律所的关系网？你最清楚了，我在司法实习时的成绩有多差。"

"我哪记得那么多？我连昨天吃过什么都忘了。"

"你向来对别人的事毫不关心，只管一个人闷头向前冲。你的成绩那么优秀，甚至可以去当大法官。当年人人羡慕的大律所请你去，你都断然拒绝，偏要单干，自己开小律所。那时候我觉得你好傻。但现在，你凭一己之力成为企业法方面的专家，连外企事务也驾轻就熟，爬得比谁都快。每次见到由你担任代理律师的名人也好，企业也罢，我真的又吃惊、又嫉妒。说心里话，我特别羡慕你！"平泉接过笙一郎递来的一支烟，深深地吸了一口，"我啊，其实一开始没想过当什么律师。从小到大，一直是别人对我说当医生或律师好，所以我才拼了命地通过司法考试，参加司法实习。可自那以后，我和大部分人一样开始放纵自我，热衷享乐。而你呢？总是远离人群，一个人拼命攻读商法、企业法。想当年，我觉得你很不可理喻，干吗不享受？何苦那么拼命……"平泉掐灭香烟，凝视着笙一郎，问道："你为什么会选择律师这份职业？你有怎样的信念和希望？"

迎视着平泉紧追不放的眼神，笙一郎温和地笑了笑："为了钱呀。来，再抽一支？"说着又递了一支烟给平泉。

走出警视厅，笙一郎回到法院所在的合同厅舍，走进地方法院的民事法庭。这回要处理的是一起企业之间不履行还债义务的法律纠纷，笙一郎是原告方的代表律师。

法官落座后，有些不耐烦地翻看、对比了双方提交的资料，然后问笙一郎："有意和解吗？"

被告方是一家小企业，辩护律师正怯生生地盯着笙一郎。

笙一郎不为所动，断然拒绝："没有。"

开庭不到三十分钟，法官就确定了下次开庭的日期，宣布今天的庭审到此结束。

笙一郎在大厅里一连抽了五支烟，走进旁边的一间法庭。这里进行的是一起应收账款赔偿诉讼的法庭辩论，这次他担任的是被告方的辩护律师。法官似乎已出庭了好几场，宣布下次的开庭日期时还忍不住打了个小呵欠。庭审结束后，笙一郎笑着走向原告律师："我觉得吧，还是别浪费大家的时间了。"说完提出希望和解的意向和赔偿金额。

午饭前，笙一郎离开法院，坐出租车来到位于大手町的一家医院，在医院办公室主任在场的情况下查阅了一名患者的病历。病历里有两份死亡证明复印件，记录显示，取走死亡证明原件的是一家人寿保险公司。

笙一郎来到医院大厅，掏出手机拨通了自家律所的电话。接电话的是一名在律所兼职、私立大学的大三男生。

他的律所雇了好几名法律系在校大学生，处理一些简单的事务性工作，比如跑法务局确认记录或帮忙做一些基础调查。

笙一郎让男生记下人寿保险公司的名字，指示道："死者所在的公司未经员工本人同意就为他们投了集体保险,名目是'遗属补助',却根本没让遗属知道。员工死后,公司独吞了全额保险金。你们先和那家人寿保险公司联系一下,问清保险金的具体金额。估计他们不会说,所以问的时候记得录音。然后你们去其他同类保险公司了解一下同类遗属补助险种的保险金,计算出一个平均数。"

笙一郎回到律师会馆时已过中午十二点半。他来到有五六家餐馆的地下商业街,选了一家荞麦面馆,匆匆对付了一顿。下午一点前,他走进地方法院的刑事法庭,担任被告方的辩护律师。

这是一起信用合作社借贷科的代理科长利用空白支票套现的诈骗案。被告人三十多岁,毕业于名牌国立大学。他用骗来的钱买豪宅,亲戚和近邻都曾艳羡不已。

笙一郎是通过该信用社进行融资的某企业的法律顾问,该信用社则通过这家企业的介绍找到了笙一郎,但辩护费由与该信用社相关的另一家公司秘密支付。

被问及是否认罪时,按照笙一郎事前的嘱咐,被告人一口咬定全是个人行为,与信用社毫无关系,然后深深地低下头。这时,旁听席上传来一声稚嫩的叫声:"爸爸!"被告人听到之后,瞬间肩膀颤抖。

庭审结束后,笙一郎与信用社的顾问律师简短地交换了意见。人群散去,笙一郎在大厅里坐下,掏出忍了好久的烟,顾不上细细品味,狠狠地连抽两支。

"长濑老师,您这么抽,不怕得肺癌吗?"

笙一郎回头一看,身后站着一名穿休闲西装的高瘦青年,脸上带着调侃的笑容。

笙一郎轻轻举手致意:"要不,你准备一份给烟草公司的起诉材料?我可以提供我的肺部X光片。"

"这种官司在日本根本别想打赢。就算打赢,能拿到的赔偿金也不及在美国打赢的百分之一。"久坂聪志走向笙一郎。

"你来旁听?"

"今天的司法实习结束得比较早,过来学习学习。"

"我猜你是来挑毛病的吧?"

"都有。"

笙一郎开玩笑地假装要冲他出拳。

聪志笑着说:"您有时间吗?想和您谈点事。"

"我得先联系一下律所。"

"那您先忙。目前有四名学生在您那儿帮忙吧?"

"六名。现在学校放春假,比较好招人。我把他们分为内部事务组和外部调查组,分头行动,把积压的好多工作推进了不少。"

"雇学生比请有律师证的便宜很多吧?"

"还可以为建立将来的关系网铺路。"

"您这算盘打得真够精明的。"聪志向来和笙一郎说话很随便。

"你也学着点儿,这叫平衡各方利益。通常情况下,想得到利益就要放弃作为人的感情,而我从小已经被逼得学会——活下去靠的不是感情的深浅,而是利益的多寡。"

"也不能说完全没感情吧?比如年轻人参加工作后,对歪风邪气特别敏感。"

"学生在工作中保持参加学生社团活动时的热情与直率,这没关系。不过无论感觉有多敏锐,毕竟还年轻,不可能对自己的价值观有绝对的自信。相反,因为价值观相同而聚到一起的群体一定可以吸引更多的年轻人加入,让他们感觉身边都是与自己的价值观一致的伙伴,不用担心被讨厌,还能从孤独中被拯救出来,稍作努力即能得到认可。这种得到认可的感受将成为他们的骄傲,激励他们为这个群体付出更多的努力。"

聪志皱着眉头说："怎么感觉他们都被您玩弄于股掌之中？"

"别从负面角度考虑呀。人嘛，总的来说，就是这么一种存在。从小孩到老人，每个人都希望活在拥有相同价值观的群体之中并得到认可。只有得到认可，内心才能安宁，活得舒坦。"

笙一郎拿出手机，一边打电话给自家律所一边对聪志说："还有，以后你是要使唤人的，可得给我好好干。"

这次接电话的是一名女大学生，她向笙一郎报告——人寿保险公司的事已经核实，正在收集关于保险金平均数的资料；另外有三件法律咨询案；还有两家由笙一郎担任法律顾问的公司来电希望笙一郎尽快联系他们。

笙一郎立刻给那两家公司回了电话。对于他们各自咨询的问题，笙一郎在电话里给出简单的建议，很快处理完毕。笙一郎看了看手表，对聪志说："我现在要去一家公司。我是他们的法律顾问，你也一起去吧？应该能学到不少经验。"

笙一郎在家事法院楼前的十字路口拦下一辆出租车，和聪志一起上车，告诉了司机目的地，然后又开始抽烟。这已是他今天的第二盒烟了。

聪志吃惊地摇摇头说："您打电话的时候也烟不离嘴。"

"法庭上禁止吸烟嘛，憋好久了。压力太大，不抽不行。"

"刚才的庭审操作很厉害啊。"

"此话怎讲？"

"开头的陈词部分大致表明构成犯罪的要件已经很充分，被告对所犯罪行也基本认罪，所以对辩护方来说，能做的是争取减刑。"

笙一郎暂不发声，听聪志继续分析。

聪志露出一副看穿一切的表情，笑着继续说："日本的审判都是所谓的心证审判,即判决的本质取决于法官的好恶——法学教科书里也这么写。换言之,最终是法官的个人喜好决定了审判的结果。这次虽然是被告人有错,但信用社方面也存在管理失误、杜撰资料、违反劳动法强行要求被告加班等责任。不过被告并没有提及这些,而是一个人扛下所有的责任。一方面确实要佩服他的仗义;但另一方面,为了让信用社保住信誉,这背后有多少操作其实显而易见。有的法官也许会因此对被告产生厌恶。但刚才询问被告是否认罪时,偶然出现了小孩喊爸爸的一幕……那一叫绝对影响了法官的心证。我要给辩护律师打高分。"

笙一郎吐了一口烟:"打高分?"

"是啊。得知被告家属和孩子的情况,法官自然会手下留情。比起孤独的罪犯,拖家带口的被告更容易被轻判。事实上,被告家属哭着求情或被告家中有幼儿等情况都可能影响法官的判决。所以我觉得孩子那时候叫了一声'爸爸',真是运气太好了。"

笙一郎打开车窗挥散烟雾:"想让判决对自己有利,可不能全靠运气。"

"啊?"

"被告的太太确实被叫来旁听了,但其实她原本并不想来。她骂那个蠢丈夫害她丢人现眼,之前还在亲朋好友面前炫耀自家的大理石浴缸和高级成衣呢,但现在东窗事发,她觉得被丈夫骗得最惨的是自己。"

"就算她是被硬拽来的,孩子喊的那声'爸爸'应该是意外吧?"

"哪有那么多意外?都是事前计划好的。"

"计划?"

"关键时刻,我这边微微举手,被告的太太戳一下小孩的后背，便有了孩子喊的那声'爸爸'。"

"真的？"

"我之前并不确定那一声'爸爸'能在多大程度上影响法官的心证，但如果一切顺利，便可皆大欢喜，甚至连信用社方面都不会受到伤害。被告的太太也很清楚，一旦被告被重判，之后离婚啦、借债啦，有她好受的。"

"那孩子……是在演戏？"

"小孩嘛，总归听妈妈的话。不过我个人觉得那声'爸爸'是出于真心。孩子为了让爸爸妈妈爱他，什么都愿意做，演戏算什么？但实际表达感情的时候，他应该并非有意识地在演戏……这就是孩子。"

笙一郎把烟蒂塞进车载烟灰盒，又叼起一支新的点燃。

解决完自己担任法律顾问的那家公司的问题，笙一郎和聪志又坐上出租车，沿着第一京滨道向北行驶。在品川体育场后门下了车，然后走向便利店旁一栋五层楼的狭长型办公楼。

"那家伙想通过变更公司名称的方式赖掉借款。"笙一郎边走边向聪志解释刚才那家公司的情况，"他想把破产的公司卖给第三方之后换个名称，借此将之前的债务一笔勾销。但更换名称的时候，我们经办过的财产抵押手续会碍他的事，所以他打算出些小钱摆平我们。但你看着吧，最后他还得支付我开的那个价。"

走进电梯，笙一郎继续教诲聪志："如今是金钱与欲望角力的社会。无论采取什么手段，只有赢家才能得到社会的认可，没别的道理可讲，和孩子的世界一样。比如刚才提到的那家伙，比他叫得响就能制住他，抢到宝贝。开会也好，面谈也罢，聚在一起时，比的就是谁更狠。要是对方试图反驳，就随便说些什么先训他，对方铁定立马老实。"笙一郎说着，把手放在聪志的肩上，使劲捏了一把。聪志的脸上瞬间掠过一丝吃惊与不安。

"无论是谁被人骂,首先会单纯地感到害怕。我听那些专门在股东大会上做手脚的勒索行家说过,明明是公司里的一把手,但稍微被人训一下,受点压力,立刻变得手足无措。想让人感到恐惧,其实可以不动用武力,也不摆出道德或法律,利用幻想就行了。人们真正害怕的是被骂、被打、被否定的想象。具体也讲不清到底是为什么,但也许是小时候经历过被否定的不安,长大以后,稍受刺激即被轻易唤醒。"

出了电梯,正对面就是笙一郎的律所。从品川站到这里只需步行三分钟。黄金地段,租金高昂,整层楼只租给一家公司。

聪志率先走出电梯:"您连这种事都教我?"

"什么意思?"

"您教我这些,我很感激。听参加司法实习的同学说,您对别人都很严厉,但对我似乎特别关照,是不是有特别的理由?"

"因为以后我们就是搭档了呀。我想扩大律所的规模,但靠我一个人,实在精力有限,所以希望你多出力帮我。仅此而已。"

"我很荣幸,但……"

笙一郎打开写着"长濑法律事务所"的不锈钢大门,里面立刻传来热闹的谈话声。

围在靠近门口桌边的二男二女,一共四名大学生,齐齐转头大声问候:"您回来了!"

律所的办公区约有二十平方米,最外面有一张大会议桌,里侧有两两相对的四张小写字台,台子上有电脑和电话,靠墙的书柜、文件柜、复印机、碎纸机等办公用品也都置备齐全。办公区一角设有简易的烧水灶和水槽,旁边是洗手间。

"大家辛苦了。已经超过下班时间,都回家吧。"笙一郎一边对大家说一边放下自己的公文包。

"我们在做简答题的模拟练习，人多效果好。"一名男生解释说。

另一名身穿卡其色短裙套装的女生站起身，递给笙一郎一份报告和一册笔记本，干练地报告说："这是各家保险公司同类遗属补助险的平均保险金，已按年龄段分别计算好。关于来电记录，除了之前电话里报告过您的以外，还有五个一般法律咨询、四个比较复杂的新案件、两个由您担任法律顾问的企业咨询。"笙一郎向女大学生道谢后，接过报告和笔记本。

女生名叫真木广美，眉毛修得很精致，妆容堪比模特，给人既大方又有主见的印象。

"真木同学的字看起来就舒服，帮了大忙。"笙一郎对女生微微一笑，然后回头看看聪志，"相比之下，这位久坂先生的字就太有个性了，他上大学时写的一行字让我辨认了好久呢。"

学生们听了，放声大笑。聪志也跟着苦笑。

"好了好了，都回家吧。辛苦到这么晚，谢谢大家！"笙一郎对众人说。

其他人开始起身离开，只有广美继续留下来，没有半点要走的意思。

"您是不是可以考虑一下别再担任新客户的法律顾问了？这可不是我一个人的意见。"广美清楚地表达自己的观点。

笙一郎有些困惑："怎么了？大家觉得负担太重？"

"不是！不是这个意思。"广美摇摇头。

"真木是在担心老师呢！"一名男生插嘴，开玩笑地学广美说话的腔调，"说不定什么时候就会累倒……万一老师真的累倒了，我可怎么办呀？我的长濑老师啊……"边说边做出双手掩面的动作。

大家都跟着笑起来。

广美有些害臊，一脸严肃地教训那名男生："幼稚！"因为举手投足都很有教养，所以广美说这句话的时候一点儿都不让人讨厌，反而显得成熟大方。

笙一郎朝广美点点头："谢谢你这么关心我。从今年四月开始，这位久坂先生会加入我们律所，到时候，我可以轻松很多。"说着，拍了拍聪志的肩膀。

学生们都离开后，笙一郎反锁大门，请聪志到里屋继续谈。里屋约有十六平方米，摆着沙发和一张大办公桌。这里是笙一郎的单人办公室兼会客室。

笙一郎把外套搭在椅背上，对站着的聪志说："来罐啤酒？"

聪志对这里很熟悉，不客气地走向资料室兼储藏室，从小型冰箱里取出两罐啤酒，回到笙一郎的办公室。

二人在沙发上面对面地坐下，笙一郎打开今天的第三包烟："你之前说有事和我谈？"

聪志点点头。回到律所后还没怎么说过话的他喝了一口啤酒，定了定神，郑重地开口："我说了，您可别笑我傻……您能见一下吗？"

笙一郎看着聪志一脸认真的样子，忍不住开玩笑逗他："你不会突然要带未婚妻之类的让我见吧？"

聪志完全没心思说笑，严肃地问："您能见一下我姐姐吗？"

笙一郎夹着香烟，愣住不语。

聪志继续说："我姐姐说想来律所向您问好。其实是我妈妈想来，我拒绝检察院工作的决定让妈妈觉得很不安，她老把我当小孩，真让人受不了。"

"你母亲不放心你来我这儿工作？"

"我妈妈并没有强行干涉。她平时就是个爱瞎操心的人，再加上年纪大了，身体不好，变得更唠叨了。之前，我没理她，但后来我被她说烦了。不知您能否允许我姐姐过来打个招呼……对不起。"

"用不着说对不起。作为母亲，担心孩子的前途，这很正常。有一位为你担心的母亲，你应该感到高兴。"

"您母亲已经不在了？"

"那倒不是，应该在某个地方过她的生活吧，已经五年没见了。为什么不是你母亲来？"

"我妈妈有点神经质，她来了肯定只会唠叨些没用的废话，给您添麻烦。我坚决反对她来，她就让我姐姐来。对我来说，我姐姐来比我妈妈来要好，而我妈妈觉得我姐姐能来也好，所以让步，没再提要自己来……时间方面，我姐姐说由您定，看您的方便。"

笙一郎忘了刚点的烟还架在烟灰缸上，又从烟盒里抽出一支："我记得你姐姐是做护士的吧？"

"是的，在川崎的一家医院工作。"

"很难找一个我们都方便的时间吧？"

"我姐姐说她会想办法尽量配合，看您方便。"

笙一郎点着烟，却马上又将其架在烟灰缸上，和刚才那支并排放着。不一会儿，他把这第二支也忘了，又从烟盒里抽出第三支。

"长濑先生……"

聪志的目光令笙一郎回过神来，赶忙掐灭之前的两支烟，点燃刚抽出来的那支烟抽起来。

"聪志！"笙一郎在别人面前不会这么叫他，"其实本来没必要再问……你为什么选择司法界？"

"什么意思？现在要再确认一遍？"

"为了通过司法考试，必须拼命学习，还得忍受很多诱惑和折磨，你图什么？"

"司法实习的时候，您已经问过我了。"

"那时候你怎么回答？"

"如果回答'为了正义''对审判相关的工作感兴趣''希望将来生活安稳'，也许会给人留下好印象，但除此以外，我更渴望出人头地，拥有优越感，这些都是我的理由。另外，还有一个更重要的理由，我告诉过您。"

"是啊，你说是为了某个人。你选择这份工作究竟是为了谁？"

"当然是为了我自己。"

"人啊，总是嘴上说为了自己，其实内心深处总有那么一个人，希望被那个人尊重或故意要那个人难堪。只有为了那个人，才会作出重大的选择。"

"我是为了我自己，不为别的任何人。我的人生是我自己的。"聪志越说越激动。

笙一郎冷冷地说："那就别再提你姐姐和我见面的事了。"他掐灭手里的香烟，"你来我这里工作，是我和你之间的雇佣关系，你想来，来就是了，因为我认可你。我这个人是否值得信任、你是否想与我一起打拼，这都必须由你自己作出判断，这是你我能否共事的起点。所以，说服你的母亲和姐姐，也是你工作的一部分！"

笙一郎从沙发上站起身，走进资料室，一边打开冰箱一边问："要不要再来一罐？"却听到聪志低声说了句"告辞了"，接着是关门的声响。

夜深了，笙一郎依然没有离开律所。他慵懒地坐在沙发上，边喝酒边抽烟，不知不觉有了醉意，忍不住苦涩地喃喃自语："是不是走得太近了？"

三月中旬的一个周六，笙一郎不用上庭，也不必去拜访由他担任法律顾问的公司，于是一个人来到律所，埋头于合同、协议、庭审材料等积压的案头工作。

下周，聪志将正式入职，他似乎已经说服姐姐不来见面。其实几天前，聪志的母亲曾瞒着聪志打电话给笙一郎。在电话里，笙一郎向聪志的母亲保证道："聪志的能力这么强，一定没问题。"想到不用与聪志的母亲或姐姐见面，笙一郎真心觉得松了口气。

因为笙一郎不让兼职的学生处理正式的资料，所以积压的文件很多。没等全部处理完，他就觉得肚子很饿，打算出去吃点东西。

由于近来日照充足，品川站道路两旁的樱花树已经冒出花蕾。

一朵朵樱花花蕾粉嫩可人，让人好想摘下，塞进嘴里尝尝。一棵棵樱花树的树冠相连、交叠，在淡淡的夕阳下绽放出迷人的光彩。平日里不是跑政府机关就是奔走于相关企业，笙一郎意识到自己很久没这么悠然地赏花了。

突然，他看到一个穿着朴素的裤装西服套装的女人正朝自己这边走来。

因为距离有点儿远，暂时看不清对方的脸。不过那熟悉的身形和由内而外散发的气质足以让笙一郎感到忐忑，差点脱口而出：没错，就是她！

上一次，半年前，也是这么远远地看见她。

很久以前，笙一郎认识聪志之前就知道她在哪里，但一直努力远离她。他怕打扰到她，更怕她看到现在已判若两人的自己。最重要的是，笙一郎一直坚信自己没资格出现在她的面前。

应该出现在她面前的不是自己，最终做了那件事的不是自己……

笙一郎想赶紧离开，但双脚似乎不听使唤。慌乱中，他闪进一旁的便利店，走到摆放杂志的货架前随手拿起一本杂志佯装翻阅。不一会儿，一身朴素裤装西服的她从便利店前经过，手里拿着一张便条纸，似乎在寻找什么地方。

看着她那一头男孩似的短发、水汪汪的黑眼睛，笙一郎胸中涌起的不仅是怀念，更多的是揪心。

突然，她停下脚步，折返走进便利店。笙一郎赶紧躲到货架后面。

"请问，"她递上那张写有地址的便条纸，向店员询问询笙一郎的律所所在的大楼，"您知道这个地方吗？"

年轻的女店员微笑着说："就在旁边。"

她对店员道谢后，又确认了一遍："是长濑法律事务所，就在旁边，对吗？"

"是的。"店员点点头，伸长脖子朝笙一郎所在的位置张望片刻，像在找他。好在聪志的姐姐似乎没在意店员的举动，径直走出了便利店。

笙一郎趁认得他的女店员不注意，匆匆离开便利店，朝与律所相反的方向跑去。

和聪志的姐姐一起住院的时候，他并不叫笙一郎。出院后，因父母离婚，他改随母姓长濑，而且名字里的"笙"当时写作"生"，因为"笙"是他那个连长相都已不记得的亲生父亲选的，母亲嫌笔画多，难写，替他改成了"生"。

每当他把名字写成"笙一郎"，总被母亲骂："那个臭男人抛弃了我们，你怎么还想着他？"甚至为此揍过他。

过了一段时间，他总算习惯了写成"生"。有一阵子，他甚至觉得"生"这个字对活得喘不过来气的自己非常合适。不过，在双海医院住院的孩子都不叫他的真名。

笙一郎没有回律所，而是拦下一辆出租车，回到自己位于自由之丘附近、世田谷区①奥泽站的公寓。

坐电梯到达五楼，刚走出电梯就看见一个年轻女人站在他家门口。笙一郎惊得停下脚步。

年轻女人穿着大红色毛衣，搭配黑色超短裙和长靴。妆容精致，堪比模特。表情灿烂，宛若艳阳。

"您回来了！"

发现女人是在律所兼职的女大学生真木广美之后，笙一郎这才长长地吐了一口气。

他慢慢走近广美："吓了我一跳。找我有事？"

"刚好路过，记得老师家就在这附近，所以顺路来看看……嘻嘻，骗您的。"广美笑着改口说，"其实我是专程来看望老师的。律所的电话没人接，我猜您可能在家里。这个给您。"说着把一盒西点递给笙一郎，"自由之丘站前有一家口碑很好的西点店，我们一起吃吧？"

虽然略显强势，但因为广美的举手投足都很坦然大方，所以并没有为难人的感觉。

听说广美的父亲在通商产业省②就职，哥哥刚刚入职一家原财阀派系的大商社。不过广美从不在人前夸耀自己的家世，言行反而常常表现出对精英权贵的厌恶。

笙一郎对她完全没感觉："虽然你好不容易来一趟……"他想尽量婉转地表达拒绝。

广美失望地叹了一口气，但很快恢复常态，故作开朗地说："您不要我了？"

---

① 位于东京高档住宅区，是东京的23个区之一。
② 现称经济产业省，主管经济，隶属日本中央省厅。

笙一郎笑着说:"不是这个意思。"

"那您喜欢我吗?"

"呃……喜欢,但不是那种喜欢。"

"喜欢就行。"广美释然地露出笑容,却暗藏紧张与不安。

"我和久坂前辈发生了一些事……"

笙一郎若有所思,等广美继续说。

广美耸了耸肩,不以为然地说:"我当然已经拒绝了他。不过,久坂前辈马上要来所里上班了,我可以继续去所里兼职吗?"

笙一郎听明白缘由,反问:"他追求你?"

广美笑着露出一口亮丽的白牙:"他不是我喜欢的类型。"

笙一郎苦笑着说:"那小子动作够快的,他才认识你嘛。"

"久坂前辈这方面可有名了!"

"是吗?"

"是啊,他身边的女人换了一个又一个,追一个甩一个,好像和女人有仇似的。有人说,那是因为他在母亲和姐姐面前有特殊的自卑情结。律所和学校的女生都知道他的风流韵事,都说要离他远一点儿。"

"我之前倒是没听说。"

"不过老师您和久坂前辈好像关系挺好的,两家住得也近,坐东横线四站路就到了。不知道的还以为你们是兄弟或亲戚呢。"

"没你说得那么近乎。"

"您的律所之前只有您一个人管事,怎么这次看上他了?当然,他很聪明,也很优秀,但完全没有实际的工作经验,还喜欢招蜂引蝶。既然要找合伙人,应该找个更好的吧?怎么偏偏选中了他?不瞒您说,大家都在背地里议论呢。"广美看到笙一郎的脸色沉下来,当即打住,吐了吐舌头缓和气氛,"抱歉,我说太多了。"

笙一郎摆出一副行得正坐得直的表情："我觉得他以后肯定能成为我们律所的顶梁柱，所以招他进来。你也是我们的主力成员，你和他之前的那些都不算什么事儿。你不是说他情史丰富吗？那他应该已经习惯被甩。所以只要你觉得没问题，我当然希望你继续在律所里做下去。"

"太好了！我希望在您的律所里做一辈子。"

"谢谢。"

广美一脸认真地说："我拒绝久坂前辈的时候说自己已经有了心上人。他问是谁，我说是长濑老师。我是认真的。"

广美炽热的眼神让笙一郎有莫名的窒息感。

笙一郎不知该如何回答。广美突然凑上去吻了他的唇，吻得很短暂，仿佛蜻蜓点水。广美强装冷静，故意打趣："谢谢您给我的吻。"却一下子脸红到耳后。

广美转身跑向电梯，按了下楼的按钮，发现手里还提着西点，于是又跑回笙一郎面前递上："已经买了，您就收下吧。"

见广美紧张得双手微微发抖，笙一郎知道，如果拒绝，必然会让这个心气颇高的姑娘感情上受创，于是伸手接过。

广美这才露出如释重负的表情，向笙一郎挥手道别。刚好这时电梯上来，广美小跑进了电梯。

笙一郎看着电梯下行后，才掏出钥匙打开房门。

这套两室一厅的公寓很是冷清，只摆着几件必需的家具。笙一郎的大部分时间都在律所。

他走进书房，把公文包往写字台上一放，坐在靠背椅上看了看还提在手里的那盒西点。

他一点儿都不喜欢甜食，因为小时候吃太多了——那时候的甜面包和小点心是他赖以生存的主食——所以现在一看到甜食就犯恶心。他随手把西点扔进垃圾桶。

他家离聪志家很近，这并非巧合。他几年前就调查过聪志家在哪儿——不对，应该说早就调查好聪志姐姐的家在哪儿——然后决定搬到这附近。一开始租廉价房，赚钱后便搬来这里的高级公寓。

笙一郎害怕和她见面，但又希望她常在自己身边，只要感觉她就在近旁，连呼吸都可以一整天顺畅、舒心。有时他也会感到躁动不安，想去见她，但最多远远地守望她——他曾经在医院候诊室里晃悠了一整天，只为远远地看她一眼。

第二天早上，笙一郎来到位于品川的律所上班。

他惴惴不安地走进大楼，不敢坐电梯，而是走楼梯来到三楼，确认并没有人等在律所门口，似乎也没有人在门上贴留言。

笙一郎判断，也许她只是受母亲所托，悄悄地来聪志工作的地方看看。幸好没撞见，可谁能保证永远见不到？真的希望永远不见她吗？连他自己都不知道答案是什么。

白天处理完积压的文件，回到公寓已是晚上。录音电话亮着红灯，表示有来电录音。他按下播放键。"是我，久坂。"是聪志的声音，听起来像在强装镇定，"没什么。我只想说……不管您从谁那里、听到什么都别太当回事。我那是和她开玩笑。"

笙一郎明白聪志在说广美的事。怯懦、虚荣、设防、自保，这些都说明聪志其实内心很脆弱。笙一郎觉得自己对聪志这种性格的形成要负一定的责任，所以常常不由自主地想关照聪志。

聪志攻读法律专业算是一种偶然，但笙一郎知道他在哪所学校就读并非偶然。

关于聪志姐姐在哪里工作等情况，笙一郎是亲自调查得一清二楚；关于聪志，他是委托侦探社调查的。

笙一郎被聪志就读的大学请去参加研讨会，是在他开始独当一面之后不久。当时只要他想拒绝,是很容易的,可他还是欣然地接受了邀请。

在研讨会上发出邀请、招募大学生来自己律所工作的是笙一郎,从众多报名的大学生里选中聪志的也是笙一郎。

笙一郎非常清楚,随着自己一个接一个的行动,遇到聪志姐姐的危险在增加,但他就是无法克制自己,特别是认识了聪志以后,更无法做到疏远他。随着与聪志姐姐的关联越来越多,即使常常伴随着心痛的感觉,他依然觉得很幸福。

"叮铃铃——"电话铃响,笙一郎以为是聪志,立即拿起听筒。

"是长濑先生吗?"电话里传来一个陌生男人的声音,"您是做律师的长濑先生吧?"

出于职业习惯,笙一郎立刻警觉地反问:"你是谁?"

"居然真是做律师的啊,"男人先是表达吃惊,然后笑着说,"我还以为那贱人骗我。刚刚不过和她争了几句,她就甩出你的电话说要告我。你现在马上给我过来一趟!"

"不懂你在说什么,你是谁?"

"说了你也不知道。你们应该很久没联系了吧?听说五年前你们见过一面。"

"五年前?"

"她说是你的律所开张的时候,你查到她的地址,特地去见了她,还留下了电话。想起来是谁了吧?别废话,赶紧过来!"

"为什么?"

"用你自己的眼睛看看呀!来瞧瞧她的这副惨样。她也确实够可怜的。"

"到底是怎么回事?你说清楚。"

男人并不作答,而是把地址告诉了笙一郎:杉并区下井草……

"居然这么近……"笙一郎叹了口气。五年前大吵一架,分开至今,他一直故意不去调查她的住所,没想到……

"我已经管不了了。我们并没有领证,你要是不来,我只好去联系警察或医院。送什么样的医院,你应该心里有数。"男人说完,不等笙一郎开口,"啪"的一声挂断电话。

笙一郎犹豫了一下,穿上皮衣离开公寓。

他坐上出租车,上了环状八号线,在早稻田大街右转,然后在接近那个地址的地方下了车。穿过一条弯弯曲曲的小巷,总算找到了男人所说的破旧公寓。

只见在一楼尽头处,一个男人靠墙坐在地上,大腹便便,头发已半白。

他手里拿着酒瓶,双目浑浊,瞥了笙一郎一眼:"长濑?"听声音正是刚才打电话的男人。

男人继续坐着,头朝屋门方向歪了一下示意:"进去吧。"

笙一郎来到门前。

门牌上连住户的姓氏都没写。门框已经发黑,还有局部腐烂,从外观判断,里面最多是个不到十平方米的单间,外加厨房和厕所。

"谁都有可能落到她那个地步。我嘛,孤家寡人……有你在,说起来,她比我幸运。"

男人脚下倒着好几个空酒瓶,他似醉非醉,满脸怨气:"三年了,我们一起住了三年。半年前,她开始变得疯疯癫癫——生牛肉直接端上桌,半夜突然起来在屋子里乱转,直接蹲在屋子的角落里小便……我呢,离不开这口,"说着把手里的酒瓶稍稍举起,"那贱人干的是陪客人喝酒到天亮的营生,偶尔闹点儿事也不算意外。但后来越来越过分,连我是谁都不认识了,可吓人了……一天到晚唠叨你的事。最近除了你,都不说别的了。好像都是你小时候的事，说什么'爬山''路很陡''和你一起'……前几天又突然嚷嚷着说什么'哪天要靠孩子养就完了'。其实现在她反倒像个孩子。进去吧，快进去看看吧。"

笙一郎一言不发，默默地握着门把手，轻轻地打开门。一股恶臭扑面而来。

进屋后，臭味更加冲鼻。屋里没开灯，但因为没拉窗帘，借着隔壁公寓的光线可以勉强看清屋内的模样。

屋子正中间有个人，双手正不停地上下摆动。

笙一郎渐渐适应了屋内的昏暗光线，这才看清那是一个穿着吊带睡裙的女人。

他在墙上摸到电灯开关，打开灯，屋内顿时亮了起来。瘦弱的女人突然发出嘶哑如笛声般的尖叫，并迅速地蜷缩至屋内的角落。

从小腿来看，女人原有的肤色应该非常白皙，但此刻她的脸和手皆黑褐、污秽，睡裙的腰部也全是黑褐色的污物。

笙一郎稍稍上移视线，见女人正把某样东西用手揉开，不停地往脸上涂抹——很明显，那东西又臭又恶心。

笙一郎不忍再看，慌忙关上电灯，仿佛被抽掉脊椎似的，瘫坐在地上。

"妈！"笙一郎痛苦地双手掩面。

3

优希将四支彩色蜡烛插在生日蛋糕上，再用打火机点燃。花瓶里的白色水仙娇艳夺目。

"大家准备好了吗？"优希环顾四周，双手高高举起，指挥大家唱生日歌。刚开唱就有人走调。

医院的这间食堂位于东西向、狭长型病房楼的中间，摆着可移动的桌椅，兼作谈话室或简易活动室。

十六名身体状况相对尚佳的患者和负责护理他们的六名看护人员欢聚于此，在优希的指挥下，围着中间的大桌子，由看护人员带头唱起生日歌。非痴呆症的患者也跟着一起唱。几名痴呆症患者虽然唱不了，却也跟着翕动嘴唇。最后唱到寿星的名字"亲爱的小悦"时，在看护人员的鼓励下，更多患者发出了声音，总算七七八八地唱完一首生日歌。

接着，看护人员带头鼓掌，接受内科治疗的患者们跟着鼓掌，几名痴呆症患者也一起拍起手来。

"木原悦子，告诉大家你今天几岁了，好吗？"优希对坐在正对桌子的轮椅上的一位老太太说。

老太太蠕动着嘴唇，像在嚼东西，同时慢慢地伸出四根手指。

非痴呆症患者都发出会心的笑声。寿星老太太似乎被笑声感染，也乐呵呵地笑对众人。

"来，吹蜡烛吧。"优希对老太太说。

今天八十四岁的寿星老太太有些担心地把脸凑向优希："我爸爸会骂我的。如果玩火，我爸爸要揍我的。"

优希温柔地安慰："没事的，放心吧。"说着，把手放在老太太的肩上，"爸爸夸奖我们悦子呢，说从现在开始，不管悦子做什么、犯什么错都不会训你。还说悦子是个好孩子，爸爸可喜欢你呢。"

老太太非常依赖地看着优希："真的？"

优希点点头："当然是真的。以后无论你想去散步还是做复健，干什么都行，爸爸都会为你高兴。现在呢，我们先把蜡烛吹灭，好不好？"说着，做出吹蜡烛的动作。

寿星老太太在优希的鼓励下慢慢地抬起头，开始吹蜡烛，却怎么也吹不灭。于是优希和她贴着脸,一起把蜡烛吹灭。

因为是白天,食堂里又开着灯,所以光线并没有因为蜡烛熄灭而有所暗淡。

"生日快乐!"聚在食堂里的看护人员与患者齐齐鼓掌祝福。寿星老太太环顾四周,露出得意的笑容。

切开的生日蛋糕被送到每位患者的面前,这是护士们凑钱买的特制低脂蛋糕。

不过只有半数患者可以自行进食,剩下的都要靠护士或护工帮忙——有的吃着吃着叉子掉到地上,有的吃了一口就噎着了,还有的吃到一半说要大便。

优希见状,赶紧向其他看护人员使了个眼色,大声宣布:"各位!木原悦子女士的生日宴会到此结束,今天非常感谢大家!我代表木原悦子女士感谢大家!"

寿星老太太只是咀嚼似的蠕动着嘴唇,半数看护人员和患者鼓了掌。

"因为有人身体不适,现在我们各自回病房吧。想去洗手间的请举手。"在优希的指挥下,看护人员根据患者的症状和意愿,引导他们回病房或去洗手间。

优希把今天的寿星老太太送回病房安顿好,又返回食堂来接另一位正乖乖坐在轮椅上的六十八岁男患者。这位患者以前是众议院议员,因脑中风入院。虽然现已脱离生命危险,但大脑功能没能恢复正常。优希觉得,参加生日宴会也许有助于他的恢复,所以将他带了过来。

优希把他送回单间病房后说:"现在帮您上床哦。"

患者体重八十多公斤,而优希只有四十七公斤,只见她将双手插入患者腋下，像相扑选手的那招"打弃[1]"，一把将患者放倒在床。当她把患者的双脚也搬到床上之后，自己早已满头大汗。

优希笑着说："该换尿布了哦。"说着，从床下的塑料收纳筐里取出一片干净的纸尿布和一条湿毛巾。

"可能会暂时让您感觉不适，请原谅。"优希一边安慰患者，一边拉开病号服的粘扣。虽然患者没什么反应，但为了尊重患者，尽量减少其羞耻感，优希还是将患者背朝自己，再换尿布。

不料患者突然失禁，喷出的排泄物弄脏了优希的护士服袖口。

"再用力试试，拉拉干净。"优希不慌不忙地鼓励患者，见对方没有任何表情变化后才说，"那我给您换了哦。"

优希先用干的厕纸擦拭患者的臀部与大腿，再用湿毛巾进一步清洁，然后擦了一下自己的袖口，再把所有污物包好投入塑料篮，最后为患者整理好病号服，盖上被子："您好好休息。"

优希把装有污物的塑料篮带去污物处理室，把脏尿布和用过的毛巾扔进焚烧箱，塑料篮则放在等待消毒的专用位置。当她用消毒液再次清洁袖口时，一名实习护士突然跑过来，一副马上要飙出眼泪的模样。

"怎么了？"没等实习护士开口，优希已经看到对方腹前的围裙湿了一大片，还散发着尿液的骚臭味。"唉哟，谁啊？"

"笠冈先生。他说不帮他拿着那个，他就……"

"那个是什么意思？"

"就是男性的那个……"实习护士欲言又止。

优希严厉地批评道："你是做护士的，医学名词有什么好害羞到说不出口的？"

---

[1] 相扑选手的致胜招式之一，即被对方逼到土俵（比赛场地）边缘的相扑选手抓住对方之后，扭身将对方甩出土俵的招式。

实习护士满脸委屈地说:"他非要我用手握住他的阴茎,说否则他尿不出来。我不肯,他就骂我,还尿了我一身!"

"别放在心上,他是病人。"

实习护士眼泪汪汪:"我知道,是我能力不足。"

优希把手放在她的肩上:"快把身上的围裙脱了,我去给你拿件干净的。"

"不用了,我自己去。"

"把围裙放在水里冲一下,再扔到洗衣篮里。表情也得换一个,要学会微笑。"

优希回到护士值班室,从柜子里取出一件干净的围裙。返回污物处理室的途中经过电梯前,她看到一个西装笔挺、三十岁左右的男人正站在电梯前,却不像在等电梯,而是在看自己。优希对此有些在意,却没多想。

回到污物处理室,优希一边把干净的围裙递给实习护士,一边开导说:"嘿,笑一个!"

见实习护士终于露出笑脸,优希打趣地说:"你笑起来多好看。我要是男的,肯定已经迷上你了。"说完朝走廊走去。经过电梯前,优希特地找了一下,但刚才那个西装男已经不见人影。

下午三点多,出去接受诊察、复健、洗澡、散步的患者与看护人员陆续走回病房,楼道内人来人往。

优希为一名因心肌梗塞再度入院的七十七岁患者确认了心电图和吸氧量,正在做数据记录,突然,她强烈地感到背后有人正盯着自己。

回头看去,又是之前电梯前的那个西装男。男人见优希回头,赶忙调转方向,向走廊的另一头走去。

包括症状较轻的患者在内,这里的痴呆症患者占了近半数。这里与老人院不同，是以帮助患者治疗与复健为目标，所有员工都非常尽心，力求尽可能地缩短患者的住院天数。但还是有不少长期住院的老病号，对于来探病的家属的脸，优希基本上都有印象。即便只瞥到对方的侧脸，优希也很肯定，那西装男是生面孔。不过她猜也许是其他医疗单位或制药公司的人。

"护士小姐。"听到患者叫她，优希回过神来。

叫她的这名患者以前在一家涂装公司做了很多年，退休了。两年前老伴过世，因为不想和儿子儿媳同住，所以一直独自住在老房子里。患者看着窗外问："樱花……不知开得怎么样了？"

优希微笑着先向患者报告检测结果："您的心电图没问题。有哪里不舒服的话，请告诉我。"边说边靠向窗边。

医院中庭种着的樱花已经盛开。放眼远眺，还可以看到多摩川沿岸绿地粉红的花团锦簇。

"已经盛开了，医生说您可以坐起来。如果您愿意，我扶您坐起来看看？"

患者没有回答，而是自顾自地言他："我孙子今年春天要入职了，据说会在樱花树下举行仪式。我曾和他约好了要去观礼……"

"是吗？"优希想起了自己的弟弟聪志。在大多数公司为新员工举行入职仪式前，聪志已经开始工作了。

三周前，优希曾去聪志就职的律所。虽说是母亲叫她去的，但其实她自己也很关心聪志的工作。

她希望聪志能生活幸福。对于聪志有些扭曲的人生观，她深感内疚。

她去律所的那天，正好律所休息。但从律所租借的豪华写字楼来看，她觉得应该没什么问题，不用太担心。

不过，聪志才工作了一周，就回家吐苦水了。

那天聪志下班回到家的时候，母亲正在洗澡，优希在客厅喝咖啡。聪志一进门，立刻垂头丧气地抱怨："我算是领教了！"

聪志说他律所的老板在参加由其担任法律顾问的公司会议时，突然接到电话，几次三番中途离开会议室，结果那家公司把聪志骂了一通。

当时聪志以为老板是为了工作上的事，所以并没放在心上。但三天后，律所老板见到聪志时，突然问起他姐姐工作的医院是否还有空床位。

聪志这才知道那天开会时的电话都是为了老板的私事——原来老板身边最近多了一名痴呆症患者，这阵子常有奇怪的女人给律所打电话。有一次，甚至有消防队来电话，说老板住的公寓发生了一起小火灾。老板回去处理了一下，满脸憔悴地回到律所，之后便向聪志打听优希所在的医院是否还有床位接收痴呆症患者。

"我们老板说，他已经跑了好多家医院或老人院，但没一个像样的，那些地方大多把病人绑在床上，逼其整天躺着。少数几家看起来还不错的，要么没有床位，要么说年龄不符，不肯收。"

优希所在医院的老年科病房经常没有空床。最近有一位阿尔茨海默病患者刚刚离世，床位倒是空出来一个，但目前护士人手紧张，已经向院办公室请求暂不接收新患者。因尚不清楚对方具体有哪些症状、痴呆到了什么程度，所以无从判断能否入院，于是优希对聪志说："先让你老板带病人来医院检查一下吧。"

自那以后，优希一直没找到机会和聪志说话，无从得知聪志老板找医院的事后来怎么样了。

优希做完日常的护理工作，刚回到护士值班室，一名护士立刻把电话听筒递给她："久坂副护士长，找您的电话。"

优希还以为是聪志或他老板打来的，接过电话说："喂，我是久坂。"对方没有开口。优希连着说了好几遍"喂",听筒里传来的只有对方的呼吸声。

优希立刻想到之前接到过很多次的匿名电话,于是果断地挂上电话。刚抬头,却看见一名因阿尔茨海默病住院的老人穿着病号服、光着脚走在走廊里,正从值班室前经过。

阿尔茨海默病患者的病房在楼道西侧靠里,原则上只接收身体还算健康的老人。虽然痴呆症患者的病房都安装有半人高的风琴式折叠门,但还是挡不住有些患者跨门而出,跑去一般病房转悠。刚才那位老人就有这个癖好。

老人溜达的方向会经过电梯,可能会不小心去了别的楼层,优希赶忙冲出值班室前去追赶。

优希追到电梯附近时,见老人在大厅里正抱住一个穿西装的男人,正是优希之前见过两次的西装男。老人高兴得大声喊叫却不知所云,对西装男上上下下一通乱摸。西装男则一脸不知所措。

见优希朝自己走来,西装男更显狼狈,低下头试图离开,却被老人一把抓住袖子。

"您怎么了?"优希把手搭在老人的肩上,温柔地问道。

"这是我的一郎呀。我跟你说过的,他就是我那个分别多年的儿子!他来接我回家了。"老人兴奋地对优希说。

"是啊,他来看您了。"优希附和道。

"我们分开的时候他才五岁,现在已经长这么高了!他可有出息了,特地回来接我……"老人笑得满脸褶子。

其实这位老人根本没孩子,老伴也已过世,他的住院手续是他的侄子和侄媳妇办理的。优希察觉到情况,便顺着老人的思路劝道:"那我们请他一起去您家,好吗?"

老人点点头。

优希转身对西装男说:"您和我一起陪他回病房,好吗?"见西装男有些犹豫,优希再次拜托,"请您帮帮忙!拜托了。"

于是二人一左一右,一起扶着老人朝病房走去。

男人头发偏长、单眼皮、薄嘴唇、有型帅气,但看起来略微有些神经质。

优希觉得自己应该是第一次见他,但心里有一种奇妙的感觉,一股想要呐喊的冲动似蓄势待发。

老人拽着西装男的胳膊:"以后我们一起过日子哦。"见男人点点头,老人心满意足地笑了。

关上的风琴式折叠门的高度差不多到优希的腰部。优希很好奇老人是怎么翻出来的,她一边想一边打开门。病房里有四张病床。优希把老人带到他的床边,见老人依旧抓着西装男的衣服不放,便安慰道:"您儿子不会离开您的,放心吧。"老人这才松开手躺回床上。这时,又有别的患者呼叫优希,于是优希把西装男暂时留在老人身边,说了句"对不起",先去照顾别的患者。

"我真的回来了。"西装男嘟哝的声音好像在笑,又像在哭,"真的长大了,真的回来接您了。"

见优希再次回到这边,他马上闭口不语。

老人拉着他的手,安心地睡去。

优希向西装男道谢:"太谢谢您了。"

西装男轻轻地从老人手里抽出自己的手,转身面对优希。他西装上的徽章引起了优希的关注。优希记得聪志也有一枚同样的金色徽章,莫非……

走出病房,来到走廊上,优希开口发问:"请问您贵姓?"

西装男犹豫了一下,回答说:"我姓长濑。"

"啊,那您就是聪志的……"

男人并没有回答优希的问题，而是做了个深呼吸，然后缓缓地说："我以前不叫这个名字。"

"什么意思？"

"我以前不姓长濑，而姓胜田，胜田笙一郎。名字里的'笙'字也曾写作生活的'生'。"

优希听到的是一个让她无比怀念又痛苦万分的名字。

"不过那时候没人叫我的真名，大家都有一个动物的绰号……"男人抬起头来，第一次正视优希。

优希看着他，遥远的记忆与男人脸上依稀留存的当年的影子重新浮现在她眼前。

优希差点叫出声来，赶忙用手捂住已忍不住张大了的嘴巴。

十七年了！

男人眼圈发黑，还有些浮肿，面容疲惫，表情黯淡："我有事想求你帮忙。"男人说这句话的时候像在痛苦地呻吟，说完，无力地低下了头。

优希看着他微微颤抖的双唇。"鼹鼠？"她的声音已嘶哑，"真的是你吗？"

4

卡其色窗帘在屋外光线的照射下呈现橘色。

约十三平方米的日式房间的墙角放着一只塑料收纳盒，正"咔哒咔哒"摇摆晃动，从里面传出嘶哑的叫声。

房间里摆放着大衣柜、梳妆台等家具，中间铺着被褥，上面放着两个枕头。有泽梁平正一丝不挂地盘腿坐在睡乱了的被褥上。

梁平手里托着一只吓得一动不动的白色仓鼠。他一边握着仓鼠，一边朝收纳盒里看去。

仓鼠爸爸正心神不宁地在收纳盒里四处乱窜，虽多次试图跳出收纳盒，但都以滑落而告失败。箱子的一角铺着雪白的棉花，刚出生不久、连眼睛还没睁开的三只仓鼠仔挤在一起吱吱尖叫。

梁平把手中的仓鼠妈妈放回棉花上。仓鼠妈妈用鼻子在三只仓鼠仔的周围嗅来嗅去，很快便在自己孩子身边安定下来。仓鼠仔也闻到了妈妈的气味，拼了命似的爬到妈妈身边，把头钻进妈妈的身体下。

梁平饶有兴致地看着这些仓鼠仔。

一个个小脑袋挤在一起，鼻子在妈妈身上蹭来蹭去。仓鼠仔应该不懂什么叫生命的意义，更不懂活着意味着什么，可它们整个身体似乎都在呐喊：想活下去！

梁平伸手抓起最小的那只。不知仓鼠妈妈是真的没发现还是假装无视，总之没有任何反应；仓鼠爸爸则暂时停止了躁动，从箱底抬头直直地瞅着梁平，抖动着细长的胡须，不安的视线追随着仓鼠仔的去向。可没过多久，仓鼠爸爸似乎也死了心似的扭过头去，继续在箱子里乱窜。

仓鼠仔不停地叫唤，试图从梁平的手掌下逃脱。梁平看着它挣扎的模样，视线的焦点渐渐模糊，只有耳朵还能听见仓鼠仔好似在喊"我要活下去"的悲鸣。

"你真的想活下去？"梁平看着这团被捏得有些变形的白色肉块，喃喃地问，"勉强活下去，有意思吗？"

梁平指尖发力，掐了下去。他能感觉到仓鼠仔细嫩脖子里的动脉血管正在有力地搏动，并一次次地传递到自己的手指上。

仓鼠仔徒劳的反抗让梁平越发焦躁，更加发力，似要将其脉动直接掐断。

"阿梁！"楼下传来一声叫唤，"电话！伊岛先生打来的，说有急事！"

梁平一下子收了力，把仓鼠仔放回原处。仓鼠仔立刻爬去找妈妈，仓鼠妈妈也随即迎了上去。

梁平从枕边拿起衣服正要穿上，突然从梳妆台的镜子里看到自己的身影。他长着一张眉清目秀的娃娃脸，鼻子上翘，下巴微微向前突出，总给人想挑衅干架的印象。他个子不高，胸膛厚实，但浑身上下都……

梁平转开视线，扔掉衣服走出卧室，穿过摆着一对年长男女合影的佛龛的房间，赤身走下楼。

楼下是二十多平方米的和式房间，一边是可以坐下八个人的柏木柜台，柜台里面摆着大冰箱、餐具柜等，可以调酒、做料理。在这间整洁雅致的小酒馆里，客人在玄关脱了鞋，可以坐在下方设计成方洞、以便放脚的桌前用餐或饮酒。

电话机放在柜台的另一端，穿着藏青色飘逸连衣裙的早川奈绪子正拿着听筒等梁平。

电话机边上摆着花瓶，里面插着紫色裸菀，看样子是奈绪子正在插花的时候来了电话。

见梁平赤身裸体，奈绪子捂着听筒低头娇嗔："讨厌！好歹穿件衣服呀！"

奈绪子一头漂亮的长发挽在头顶，用发夹夹着。虽然眼睛、鼻子算不上一顾倾人城，但整个人散发着恬静柔和的美感。她今年三十二岁，比梁平大三岁，举手投足有些含羞娇柔，还有些稚气可爱，总的来说让人感觉很安心、很舒服。

梁平像是故意裸给她看，站到她的正面，低声命令："你看！"

"快接电话……"奈绪子有些为难地递上电话。

梁平不为所动："好好看看，你觉得怎么样？"

"什么怎么样……"奈绪子抬头正视梁平，娇羞地说，"很棒。"

"不许说谎！"

"真的！真的很棒！"奈绪子回答的时候一脸认真，但马上又变脸，像对调皮捣蛋的孩子宽容以待的母亲那样笑着说，"快点儿接电话。我去帮你拿衣服……"

说着，把听筒放在柜台上，打算上二楼。

梁平一把抓住她的手，猛地朝自己怀里一拽。

奈绪子吃惊地赶紧抽手，另一只手则在梁平紧实的臀部拍了一下，娇嗔道："真是的！"说完向二楼。

梁平抓过电话："喂？我是有泽。"

"我是伊岛。"对方是沙哑的粗嗓门，"上个案子告一段落后，我猜你肯定去了奈绪子那儿。打电话到奈绪子的店里找你，比打那个不知道被你放哪儿的手机有用多了。"

梁平精神抖擞："有任务？"

"唉……好不容易有个连休，"现在刚到五月，正值黄金周，伊岛满腹牢骚，"各中队手里都有案子，之前唯一空闲的丰田中队今天一早也被叫去处理抢劫案了，所以上头说只能派我们过去。"

"什么案子？"

"一小时前，九点左右，多摩川岸边有个男人企图拐走一名五岁男孩。孩子一哭，在附近散步的一对老夫妇发现情况不对……"

"莫非和多起猥亵儿童案是同一个嫌疑人？"

"老夫妇一喊，那家伙放下孩子转身想逃，老先生一把将其抓住，不让他跑。结果那家伙发急，掏出匕首捅了老先生一刀，撒腿就跑。你说那家伙傻不傻？跑就跑呗，居然专挑经过警亭的路。

当班的警察一看那家伙浑身是血，拼了命地去追。但那警察是个新手，追了没几步就丢了。"

梁平"啧"了一声，愤恨地攥紧拳头。

伊岛继续介绍案情："虽然是新手，但至少记下了那家伙的特征。那家伙的钱包也在跑路的时候掉了出来。根据这些线索可以认定，此人就是多摩川沿岸多起猥亵儿童案件的嫌疑人。"

"果然！"梁平一拳捶在柜台上。

最近一年，多摩川沿岸发生了好几起男童被拐案件，受害男童从幼儿园到小学五年级不等，都是被拐骗到无人处遭猥亵。

罪犯不仅抚弄男童的生殖器，还强迫他们，更有其他令人发指的行径。如果把那些因为害羞、害怕而没有选择报案的男童计算在内，实际的受害人数估计要翻倍。

负责调查这起案子的是辖区警署的生活安全科与地域科。因为受害者普遍年纪小，提供的证词大多很零碎，除了罪犯的大致相貌特征，几乎没有特别有用的信息。由于受害男童大多并无严重外伤，所以神奈川警察总部并没有为此成立特别调查组，只是命令辖区警署加强调查力度。

梁平气愤地说："我早就向中队长和代理科长提过，应该成立特别调查组！早料到这种专挑儿童下手的变态一定会变本加厉！"

"现在说这些都没用。罪犯跑了，现场周围实施紧急戒严。"

"在哪里？"

"你先回警署。罪犯手上有凶器，有人受伤，上头下令所有人佩枪，穿防弹衣，搞不好接下来几天都得连轴转。你趁现在多看几眼你的奈绪子哦。"

梁平放下电话。奈绪子捧着他的衣服站在他身后："有案子？"

梁平没有回答。此刻的他感觉奈绪子的声音和身体都仿佛距离自己很遥远。

"一定要杀了那混蛋……那种混蛋根本改不了……"梁平自言自语地用拳头捶着柜台。

横滨港,风平浪静,大海好似平板屏幕,朦胧地反射着混沌的日光。

身穿灰色春款西装、系领带的梁平健步离开横滨港对面的神奈川县警察总部大楼,朝山下公园方向走去。

他腋下的牛皮枪套里装着手枪,衬衣里穿着防弹衣,非常自然地抬头挺胸,走路生风。

其实他并非前往山下公园,而是在途中转弯来到神奈川县政府的新办公楼。虽是五月黄金周连休,但周五的政府大楼依然办公。楼前停着好几辆出租车,其中一辆的后车门已经打开。他刚坐进去,出租车便立刻开动。

梁平朝车后窗看了一眼:"记者没跟来。"

"记者们觉得今天早上抢劫案的金额太小,不值得报道,原本都在那儿生闷气,所以听说待命的我们要出动,个个摩拳擦掌,准备大干一番。之后肯定会被大肆报道,我们最好在那之前把这个案子解决掉。"梁平身旁坐着一个超过四十五岁的男人,为了不被司机听到,故意压低声音说。

此人名叫伊岛宗介,头衔为神奈川县警察总部搜查一科重案二组的组长。在久保木中队里,大家都喊他"主任",级别为警部补[1]。因为常年在外查案,皮肤偏黑,皱纹很深,身材壮实,浑身上下给人感觉像个每天疲于生计的体力劳动者。

---

[1] 日本警察的官衔,位于警部之下,巡查部长之上。

其实刚才梁平进入县警大楼十一楼的搜查一科时，伊岛已经等在外面。因为没时间详谈，他留言告诉梁平在县厅大楼外碰头。梁平领了刻有自己编号的手枪和防弹衣，赶忙出来，上了出租车，见到伊岛。

"什么情况？"梁平问。

伊岛朝出租车司机伸了伸脑袋，大声说："我把窗户打开哦。"

伊岛打开自己这一侧的车窗，梁平也摇下他那一侧的车窗。流入车内的空气湿气很重，感觉很快就要下雨。

"师傅，杜鹃花开得好美啊。"伊岛故意用普通音量试探。也许是声音被风吹散，司机并没有回应。

梁平看向窗外，杜鹃花已然盛开，淡紫色的花朵绽放一路。

"这是那家伙落下的钱包。"伊岛压低声音说着，竖起拇指示意指纹，"没有前科，但和留在被害人书包、裤子皮带上的一样。"

梁平再次感到热血冲顶："肯定就是那个惯犯！"

"钱包里有他的驾照。"伊岛打开搜查笔记本。

梁平一言不发地看着笔记。

"贺谷雪生，一九七〇年生，东京大田区鹈之木……"

"机动搜查队已经埋伏在他的公寓附近。据说他是补习班的老师，补习班那里也已经派了人。"

"受害人怎么样？"

"重伤。"

"搜查总部呢？"

"设在高津警署。多摩、中原、宫前方面都已派出支援，把守在附近的车站、要道和公园。弟兄们正逐个搜查周边店铺和住宅。"

"估计已经窜进住宅区了。"

"他衣服上都是血，又丢了钱包，肯定逃不远。"

"这样反而更危险。"

"是啊。"

"他老家在哪里？"

"籍贯是佐贺。共助科已经联系了佐贺方面，立刻调查到了基本情况。那家伙三岁时父母离异，听他母亲说，他已经很多年没回过老家了。还有一个比他小两岁的妹妹，已婚，现在住在福冈……似乎与案件没太大关系。"

"离异……"

"刚才说了呀。"

"不是说他父母，我是担心他那个已经结婚的妹妹，也许会因为这次的事……"

"不好说。但如果她老公不计较，应该没事吧？"

"没孩子的话还好。"

"为什么？"

梁平看着车窗外："因为孩子会很可怜。无论是否离婚，对孩子都会造成很不好的影响。"

"只要做大人的足够努力，应该不会传到孩子的耳朵里吧？"

"孩子都明白的。即使大人瞒着，孩子也能察觉到十之八九。如果大人不说实话，孩子反而可能觉得是自己不好，会更受伤……说起来，这次的畜生不知道伤害了多少孩子……"梁平越说越怒，攥紧拳头捶击车门内侧。出租车司机听到动静，忍不住回头张望，但也许觉得梁平一看就不好惹，连忙回过头继续开车。

伊岛叹了口气："有泽，你快结婚吧。"

"干吗突然说这个？"

"你痛恨犯罪，这完全没问题。但怒火一旦失控，必会伤到自己。如果成了家，你一定可以安定下来。你应该找个归宿，时间久了，自然而然就能抑制住怒火。奈绪子……她一直在等你吧？"

梁平觉得难受，无言以对，只得赶紧换话题："您儿子今年考大学吧？好像和二儿子考高中的时间撞上了，是吧？"

伊岛被戳到痛处："你能不能别哪壶不开提哪壶？"边说边不停地按揉胃部。

出租车在高津警署门口停下。两人走进警署大楼，在二楼刑事科见到了上司久保木和搜查总部县警搜查一科的负责人，还有高津警署的署长、副署长等人。

为了设立搜查总部，高津警署刑事科的刑警忙着进进出出。久保木中队的七名警员也陆续来到，听取高津警署的警察介绍截止到目前为止的案件情况和嫌疑人贺谷雪生的基本情况。最后，久保木中队长斜眼看着梁平等人："要防止二次、三次伤害事件，这一点毋庸置疑。另外，绝不允许让他逃到河对岸。"

久保木所说的"河对岸"是指越过多摩川，即逃出神奈川县警的管辖范围，直接进入警视厅管辖圈。

久保木继续指示："要是让嫌疑人逃到对岸且继续作案，我们这些人会被骂成什么样，你们都懂吧？如果逃去对岸还被那边的警察抓住，不用上面发话，自己都会笑话自己吧？听明白了？都给我铆足了劲儿！一定要抓住嫌疑人！"

梁平在高津警署的警察带领下确认了嫌疑人贺谷雪生诱拐男童、刺伤老人的现场。在车上，他们翻阅了那些被猥亵男童的证词等资料，再次确认嫌疑人驾照复印件上的照片，又去了嫌疑人的公寓，并与在那里蹲守的其他警员会合。

为了便于挨家挨户地进行搜查，伊岛主任将搜查一科的队员与高津警署的警察重新分组。巡查部长梁平与比他大五岁、高津警署的江崎巡查部长一组，伊岛与高津警署的年轻巡查搭档。

黄昏时分，天空下起如雾细雨，没带伞的梁平和江崎冒雨奔赴第三京滨道以北的坂户二丁目和三丁目的居民区。

"抱歉，打扰了，我们是警察。"他们挨户挨户，边问边掏出嫌疑人的照片，"请问有什么可疑情况吗？看到附近有什么可疑的陌生人吗？比如……"

每问完一家，他们会在地图上画个红圈作记号；如果敲门没人应，他们便暂作保留，稍后再来。因为搜查的对象已经确定，所以比一般的排查要省事一些；但因为正值五月黄金周，很多人举家出游，所以地图上的红圈并没见多起来。

晚上九点半，依然线索全无。天空仍继续飘着雾状小雨，西装吸足了水，压在身上感觉越来越沉。按照搜查总部的指示，晚上十一点要回警署开碰头会。

"该吃晚饭了吧？"江崎又累又饿，勉强挤出一个笑容，"这附近有一家很好吃的拉面店，我带你去吧？"

梁平避开江崎的视线："我不饿，今天只剩下一小时了。"

江崎觉得很意外："吃碗拉面用不了十分钟啊。"

"十分钟足够再跑一家了。"

"就您这干劲，够跑三家吧？"

梁平对江崎的揶揄不以为然："江崎先生，您去吃吧。"

"我一个人怎么去嘛。行吧，继续。"

"不用，我一个人可以。"梁平说完，撇下江崎自顾自向前。

江崎叹了口气，赶紧追上去："你怎么好像在生气？"

"我没生气。目前最重要的是地毯式排查。"

"话虽如此。不过从见你的第一眼起，我就觉得你身上有一种说不出来的焦躁。"

梁平停下脚步，雾状的细雨聚成水滴，从他的额头往下流。梁平用手掌抹了一把额头："嫌疑人身上有凶器，而且可能已经窜入民宅，现在是悠哉游哉吃拉面的时候吗？说不定就在我们说话这工夫，嫌疑人又在伤人了！"梁平越说越激动，江崎被反驳得无话可说，只能不满地盯着梁平。二人之间的气氛变得有些紧张。

"嘿！"马路对面传来招呼声。和高津警署的年轻巡查一起的伊岛做了个吃拉面的动作，又朝梁平和江崎招了招手，示意一起。

"他们应该是去我刚才说的拉面店。"江崎见伊岛发出邀请，再次提议，"一起去吧？还可以交流一下信息。"

梁平像受了羞辱般，压低声音说："我真的不饿，你去和他们交流吧。"说完继续朝雾雨笼罩下的民宅走去。江崎喘着粗气追上来，梁平看都不看他一眼。

沿着大路一直往里走，连续查了两家都扑空，他们来到一处门牌上写着"筱冢"的古旧屋宅前。

这家占地面积很大，院子里种着很多常青树，从外面很难看清里面的情况。

梁平伸长脖子向里张望，见正对庭园的房间窗户亮着昏暗的灯光。梁平按下门铃，却无人应答。反复按了好几次，还是毫无动静。

梁平再次伸长脖子，想确认刚才那个亮着灯的房间时，灯光突然灭了。

梁平回头看向江崎。

"怎么回事？"江崎也觉得可疑。

"灯突然灭了？你帮忙继续按门铃。"梁平说完，轻手轻脚地走进院子。

江崎按了好几次门铃，都没人应答，于是在玄关处开喊："晚上好，抱歉打扰了，筱冢先生？开一下门好吗？有急事！"

梁平悄悄地来到刚才亮灯的房间前，身后传来江崎在玄关处敲门的声音。

梁平把脸贴近窗玻璃。虽然窗帘被拉了起来，但依稀可以听到里面发出呻吟声。

"筱冢先生？请开门！"江崎一遍又一遍地喊着。

屋里传出比刚才更响的挣扎的动静，紧接着，有人压低声音，微微颤抖却非常粗暴地呵斥："老实点儿！"

梁平回到玄关处，凑到江崎跟前说："里面情况可疑，说不定这家人已经被监禁起来了。"

"会是贺谷吗？"

"不好说。"

"我去请求增援。"

"不知道主任他们还在不在你说的那家拉面店，他们应该离这里最近。"

"我先和总部联系一下、然后去找他们，用不了五分钟。你在这儿守着。"

梁平送走江崎，再次进入院子，躲在窗户下面。

他听到里面有人说："走了吧？"然后听到脚步声，感觉是说话的人走到门前透过缝隙往外看。不久，屋里再次亮灯，窗帘呈现暗淡的橘黄色。

"孩子跟我走。车钥匙给我！"屋里传出的声音听起来似乎已走投无路，打算同归于尽。

梁平把手伸进腋下，握紧枪柄。

屋里的人继续出声："行了，现在给你松绑，但不许再叫，不然要你好看！"听声音应该是个年轻的男人。接着又传出含含糊糊、好像拼命求饶的呻吟声。

"闭嘴!"话音刚落,紧接着一记重拳落在肉上的击打声。

"再哭就宰了你!"

梁平看了看身后,担心增援一时半会儿到不了。

他抬手擦了擦额头上的汗水和雨水,猫着腰,蹑手蹑脚地绕到屋子后门,然后直起身子,左手戴上手套,右手拔出手枪,并打开了保险栓。

因为是老房子,所以后门是木制的。梁平用戴着手套的左手轻轻拧了一下把手,发现门已被反锁。他从西装内袋掏出一张电话卡,插进木门与门框的缝隙中,从下往上轻轻一划,把门打开,然后举枪作好准备。

梁平慢慢地打开后门。屋内很暗,他暂时躲到门柱后,让眼睛适应里面的光线。然后定睛先看最靠门的厨房,发现里面没人;接着竖起耳朵,精神高度集中地向里走去。渐渐地,从主屋里传出的孩子哭声越发清晰。

"不许哭!"还是刚才那个故意压低的声音。

孩子吓得不敢哭,只能抽抽嗒嗒。

梁平脱掉鞋子,用柔道式的移动步伐向主屋靠近。"快穿衣服!"那个声音变大,同时伴随着殴打声。

梁平在厨房与走廊交界的位置探出头,观察了一下笔直通向正门的走廊,发现沿着走廊有三间并排的房间,装的都是玻璃推拉门——厨房旁边的房间与靠近大门的房间都暗着,只有中间的房间亮着灯,且推拉门并没有关严实,留着一条缝。

"我说的你听不懂?"

梁平听到那人暴躁的呵斥声、孩子的抽泣声和衣服布料的摩擦声。他猫着腰来到走廊上,走到亮着灯的房间外,本打算先观察一下里面的情况，但因为门缝太小，几乎没看见什么。

"信不信我剪掉你的小鸡鸡！"又是那个年轻男人的声音。梁平能感觉到孩子正拼命忍着不哭出声，还听到似乎有人嘴巴被胶带封着发出的含含糊糊的求饶声。

"真逃不掉，就拉你们全家一起上路！反正已经杀了一个！"那声音听起来打算同归于尽了。

梁平感到情况紧急，来不及等待增援，于是屏住呼吸，猛地一拉门，冲进房间。

一间十六平方米多的日式房间，地上到处是打翻的饭菜和垃圾。一个双手被电线绑在身后、嘴里塞着毛巾、上身衬衣下身裙子的四十多岁女人倒在地上。

旁边是一个四十多岁的中年男人，穿着西装，手脚也被电线绑着，嘴上贴着封箱带，脸好像被刀割破了，脸上、胸前全是血。

梁平迅速将视线与枪口从倒在地上的男女转向房间里面。只见一个七岁左右的男孩赤身裸体、满脸泪水地站在那里，虽然面朝梁平，视线却没有与梁平相交。

男孩的脚边放着一盏台灯，借着昏暗的灯光，梁平看到那个年轻的嫌疑人正站在男孩身后，左手揪着男孩的头发。见梁平突然闯了进来，嫌疑人惊得瞪大了眼。梁平确认这张脸与驾照上的照片完全一致，没错，就是他，贺谷雪生！

"不许动！"梁平将枪口对准贺谷。

贺谷刹那间吓得一动也不动，但很快用右手将匕首顶在男孩的腰腹部。

梁平大声命令："警察！举起双手！把孩子放开！"

也许是还没搞清楚状况，贺谷没有任何反应。

梁平再次厉声喝道："举起双手！"

贺谷看了看手里的匕首："有种你开枪试试？"语气之强硬，似乎连他自己都吃了一惊。

梁平微微抬手，将枪口对准贺谷的头部。

贺谷终究招架不住，以一副即将飙泪的表情大喊："等一下！别开枪！"却依然没有放下匕首。

"把刀扔过来！"

"等一下嘛……"贺谷边说边估算梁平与自己、自己的刀与男孩之间的距离。

梁平毫不犹豫地将子弹上膛。

贺谷见状，赶紧求饶："好了，好了，千万别开枪！"说着，扔掉了匕首。

梁平手里的枪依然对准贺谷，歪了歪头说："慢慢走过来！"

贺谷双手放在脑后，跨过躺在地上的中年夫妇，朝梁平走来。

"去墙角坐下！"梁平抬了抬下巴，示意贺谷去靠窗的墙角。

贺谷乖乖地走到指定的地方，双手抱头蹲下。

梁平绕过中年夫妇，来到男孩面前，关心地问道："有没有受伤？"却因为难受而哽咽，没能再问别的。

男孩嘴唇破裂，渗着鲜血，双眼无神，眼部和脸颊都已被打得全是青紫，幼小的性器官被记号笔涂得不堪入目。肛门被撕裂，臀部和腿上全是血。

梁平收起手枪，脱下自己的上衣给男孩披上，紧紧地将男孩抱在怀里。男孩并没有排斥。梁平让男孩坐好，从上衣口袋掏出手帕，为他擦拭嘴唇上的血。男孩疼得直发抖。

"没事了，已经没事了。"梁平温柔地安慰孩子，又到中年夫妇身边为他们松绑。

突然，他用余光看到贺谷偷偷地移动到门口正准备逃跑，于是迅速用戴着手套的左手捡起地上的匕首追了上去。贺谷吓得赶紧趴倒在地。梁平没发出任何口头警告，直接对着贺谷的腰腹狠狠地踹了几脚，贺谷疼得缩成一团直叫。接着，梁平朝贺谷没有防备的头部踢踹，贺谷疼得护住脑袋。梁平又朝他身上、屁股上猛踢。

贺谷连滚带爬地想逃，梁平一脚踹在他的腰上，将他踢到房间外的走廊上。

梁平右手一把揪住贺谷的头发，将他的脸朝地板上狠狠撞去，又猛地拉起。

"别打了！别打了！"贺谷不停地求饶。梁平仿佛没听见，继续抓着贺谷的头发朝地上狠撞他的脸。

接着，梁平将左手拿着的匕首放在贺谷面前命令道："捡起来！"他故意压低声音。房间内的一家三口应该都没有听到。

满脸是血的贺谷抬起头，一颗门牙已被撞断，掉落在走廊的地板上。

"把刀捡起来！"梁平弯下腰，凑近贺谷命令道，"给我一刀，然后跑！"

贺谷一头雾水，不明所以地看着梁平。

梁平用右手把枪套朝身后移了一下，再用左手拍拍自己的前胸："朝这儿来一刀，然后赶紧跑！你要是进了监狱，等里面的犯人知道你是专门糟蹋孩子的家伙之后，你猜他们会怎么对你？里面的兄弟几乎都有孩子，再凶恶的罪犯对你这种糟蹋孩子的混蛋也一定不会放过，绝对会把你折磨得让你宁愿去死。我现在给你一个机会。快！把刀捡起来！"

贺谷瞅了一眼地上的匕首。

"这是最后的机会！"

贺谷伸手去拿刀。

梁平开始拔枪。

"拿刀捅我一下就行。"

贺谷的手刚摸到刀柄,突然明白什么似的,赶紧缩回手,双手放在脑后:"对不起,您饶了我吧。"

"畜生!"梁平大怒,一脚把贺谷踢得翻了个身,然后用左手揪住贺谷的衣领拎起,"饶了你?"梁平把手枪塞进贺谷因喘气而张开的嘴里,"你以为道歉就能饶了你?你糟蹋了多少孩子?"

贺谷极度害怕,被枪体顶住的牙齿咯咯作响,发出求饶的呻吟声。

梁平把枪口顶住贺谷的上颚:"你这种畜生,根本没有活下去的资格!"

"饶命啊!"嘴里被塞着枪的贺谷继续求饶。

"你应该早就知道,"梁平瞪着贺谷的眼睛,"你这畜生有病!欲罢不能!你也觉得自己是最龌龊的垃圾,也很痛苦,希望有人来阻止你,不是吗?可你就是停不下来,干了还想干。你这种混蛋坐多少年的牢都没用。你的病根本没得治!你小时候一定被人干过吧?但你想报仇就应该那时候报!你已经回不去了。你肯定还会继续糟蹋别的孩子,你忍得住吗?你这辈子都不可能忍住!……今天就让我来收了你的烂命,拯救你。"梁平说完,准备扣动扳机。

"有泽!"伊岛大叫一声。

伊岛的身影出现在厨房方向。因为光线太暗,梁平看不清伊岛,但依稀能判断出伊岛正举着枪。

"有泽,你想干吗?"伊岛谨慎地一步一步靠近梁平。

"您别过来!"梁平说。

伊岛暂时停下脚步,站在厨房与走廊的交界处。

"您在外面等我一下。"梁平背对伊岛。

"开什么玩笑!"

梁平一把揪起贺谷,背对着伊岛拜托道:"请您把头转过去!求您了!"

"有泽!住手!"

"这畜生还会再犯案,他有病!关几年出狱后,还会继续糟蹋孩子,会有更多的孩子受到伤害,不仅是身体上,更是心灵上的。那些受伤的孩子将有无处发泄的愤怒,使他们再去欺负别的孩子,长大后还有可能变成另一个贺谷……这畜生是病原菌!也许他也是被别人传染的,但今天必须灭了他,不然没法了结!"

"住手!不值得为了一个人渣毁了你自己的人生!"

"您当作没看见,行吗?一眨眼的事,我不会给您添麻烦。"梁平调整角度,让枪口与贺谷的上颚形成直角。

"有泽!再不住手我就开枪了!"

梁平听见伊岛给子弹上膛的声响。

"有泽!"

梁平准备扣动扳机。

"妈妈!"梁平身后的房间里突然传出男孩稚嫩的声音,回到母亲身边的男孩终于回过神来,一声又一声地哭着喊妈妈。

听到孩子一遍遍的哭喊,梁平一下子泄了劲。

伊岛见状,赶紧一个箭步冲上来,抓住梁平的右手。

梁平把手枪从贺谷嘴里拔了出来,左手也跟着收了力。早已吓晕的贺谷瘫倒在地。

前门传来急促的门铃声和敲门声。

"有泽,高津警署的警察来了,你快去开门。"伊岛低声对梁平嘱咐道,"别提刚才的事。我只看到你抓住了罪犯,别的什么都没看见。明白吗?"

梁平恨得咬牙切齿,用枪柄狠狠地砸地面。

5

整个黄金周都是阴天。到了假期结束、开始上班的周一,却突然放晴。天气预报说,关东地区的气温已与往年七月上旬的高温持平。

梁平走出神奈川县警察总部大楼,和伊岛一起步行不到五分钟,来到地方检察院。二人走进检察官的接待室,在沙发上落座,对面坐着两个人,一个是贺谷案件中负责上庭的检察官,另一个是特别搜查总部的专属检察官。

"我也觉得有泽巡查部长擅自单独闯入犯罪现场的行为实在太过鲁莽。"面对负责上庭的检察官的质疑,伊岛挡在前面先开口,"但我已经解释过很多次,如果不是有泽巡查部长及时冲进犯罪现场,很可能会错失解救人质的最佳时机。我也一直在扪心自问,如果我是有泽,如果已经预判到中年夫妇可能会遇害、小男孩可能会被当作罪犯逃跑时的人质,是否一定要等待增援?那种情况下,真的等得了吗……"

负责上庭的检察官今年三十岁出头,着急地摇摇头:"你说的我都懂。问题是逮捕的过程,被告方提出,逮捕过程中存在违法行为。到底有没有?"

"没有。"伊岛斩钉截铁地回答。

梁平一言不发。他能感到两位检察官都在看他,但在沙发上坐下后,他一直低着头,几乎没开过口。

逮捕贺谷的第四天,上司和监察人员找过梁平和伊岛多次。今天,连检察院都把他们叫来问话。梁平觉得烦,本想直接认了,但伊岛在桌子下面踢了他一脚,于是只能继续低着头,回答"没有"。

如果现在说出实情,不光自己,连一直帮他打掩护的伊岛也一定会受到处分。

两位检察官用期待的眼神看着梁平,希望他能更详细地解释,但梁平选择保持沉默。

相反,伊岛却很积极地边说边比画:"当时高津警署的江崎巡查部长等人守着正门,我绕去后门,朝里面探头观察时听到了有泽巡查部长的声音。我小心翼翼地进去一看……有泽已经制伏了手持匕首的罪犯。撇开他独闯犯罪现场那一点,我认为他凭一己之力拿下暴徒,是很了不起的。"

"可嫌疑人说自己当时已经放弃抵抗,有泽巡查部长依然对他持续暴力殴打。事实并非你所说的那样吧?"负责上庭的检察官提出质疑。

伊岛歪着脑袋:"不可能!受害者家属就在边上,对吧?他们怎么说?"

"他们说是警察在危急关头救了他们,觉得非常感激。"

"这不就行了嘛?哪儿还有什么问题?"

"可他们当时并没有目击二人去走廊后的情形。"

"很多嫌疑人都会说自己在被捕时遭到暴力执法。"伊岛说完,看了一眼搜查总部的专属检察官,期许更为熟悉实际抓捕工作的他能站在自己这一边。

比伊岛年长些的搜查总部专属检察官坐在沙发上一言不发,一动不动。

负责上庭的年轻检察官有些沉不住气地说:"的确有嫌疑人会耍这种花招,但这次的嫌疑人脸上有伤,还断了一颗门牙。高津警署的警察也看到逮捕他的时候,人倒在走廊上,走廊上有他的血,还有很多落发。他说是有泽巡查部长揪着他的头发朝走廊的地上猛撞。有这回事吗？"

"有泽，有吗？"伊岛看着梁平，同时悄悄地在桌子下面用鞋尖碰了碰他，"你自己说清楚，到底有没有？"

梁平的视线看向茶几上已经凉了的咖啡："应该是扭打在一起的时候弄成那样吧？"他在搜查一科的科长及监察人员面前都是这套说辞，"对方手里有刀，受害者家属的生命有危险，所以当时没想太多。我承认自己的抓捕水平有待提高。"

"你把嫌疑人制伏后有没有用枪顶着他？有没有劝他捅你一刀后逃跑？"负责上庭的检察官问道。

梁平摇摇头："我怎么可能劝一个被我抓住的人捅我？"

"你有没有把枪口塞进他的嘴里？"

"没有。"

"嫌疑人是你制伏的，但为什么是伊岛警部补给他戴上手铐？"

"他那是给老兵献花呀。"伊岛一脸和气地笑着挠了挠秃顶的脑袋，"我就搞不懂了，那家伙是作恶的变态，最好给他做个精神鉴定。说刑警让他捅自己一刀再逃跑？这是妄想症吧？怎么能相信他的胡说八道呢！其实我们还怕辛辛苦苦抓来的罪犯被鉴定出精神有问题，结果免于起诉呢。说不定那混蛋就是在打这个主意，简直信口开河。您可得留心啊。"

"不用你来告诉我。"负责上庭的检察官一脸不悦。

之前一直保持沉默的搜查总部专属检察官慢慢站起身来："一定不能轻饶那种残害孩子的混蛋！"

伊岛点头同意："对！绝不能轻饶。不过……"

搜查总部专属检察官掏出手帕擦了擦鼻子："今天好热啊。"然后把手帕对折，又擦了擦额头上的汗，看着窗外说，"任何人都会对这次的嫌疑人恨之入骨，更何况亲眼看到孩子受伤的模样……换成我，说不定做得更彻底。我家小儿子生得晚，今年刚上小学三年级，所以我特别感同身受。有泽啊，多亏你抓住了他！"

"是……"梁平含糊地应了一声。

专属检察官发出吸啜声地喝着咖啡："不过嫌疑人的脸呢，是谁都看得见的。你上警校的时候，教官反复强调过吧？讲解逮捕技能的课上没教过你不能打脸吗？所以你虽然立了功，却不能被嘉奖，还得被叫到这里来问话。我们检方正在积极准备起诉材料，准备送那混蛋进监狱。但若是你这里有逮捕时的违规操作，那可是要坏大事的哦。"

"真对不起。"

"那种混蛋，肯定人人喊打，不会有哪家媒体会为那混蛋维权，因为没有人想与读者或观众为敌。那混蛋的言行也确实离谱，说刑警让他捅一刀再逃跑？肯定是妄想。除了妄想，想不出别的理由。你说呢？"专属检察官注视着梁平。

"是……"梁平视线向下。

"有泽啊，你也别生气。如今，越来越多的刑警只知道等到命令再行事，但我希望像你这样毫不掩饰地痛恨罪犯、积极行动的年轻人越多越好。不过咱们不能给别人添麻烦，对吧？看好你的人可多了，你懂吧。"

梁平深深地低下头。

梁平和伊岛离开检察院，回警察总部的路上，伊岛在梁平背上重重地捶了一拳，仅此一拳而已。

回到搜查一科，久保木中队长立刻把二人叫去问话："解决了？"

"没事了。"伊岛回答。

久保木点点头:"那就好。有泽,你马上去趟医院。"

"医院?"梁平反问道。

"贺谷那畜生翻供了,说是男孩主动请他去家里的。"

"胡说八道!让证人给个证词,一下就能弄清楚。"伊岛愤恨地说道。

"要是能的话……"久保木说。

伊岛有些意外:"那孩子还没开口?被派去医院的蜂谷他们都干吗了?"

"那孩子不肯开口。"

"不是说伤得不重?"

"估计是精神上受创严重。无论是对医生还是父母,关于那件事的具体经过,那孩子只字不提。"

"有泽过去有用?"

"那孩子点名见他。"

梁平看着久保木:"您是说那孩子要我过去?"

"孩子问蜂谷:'给我披衣服的人在哪儿?'就是说你嘛!"

"为什么?为什么是我?"

"不知道。不管怎么说,当作问出证词的机会。要是拿不到证词,以后会很难办。"

"知道了。是沟之口的中央医院?"梁平边说边准备动身。

"不是。为了避开多事的记者,已经转到和警方有合作关系的医院。"

"哪家医院?"

"多摩樱医院。"

"啊?"梁平差点一口气上不来。

"在川崎站向北大约两公里的地方。知道地址吗?……你怎么了？"久保木疑惑地看着梁平。

梁平虽然很快强装平静，但还是说了一连串莫名其妙的话："真的叫我去？能不去吗？我去了，他真的会开口吗？"

久保木和伊岛同时皱起眉头。

"遵命。我这就出发。"梁平低下头，逃也似的离开办公室。

快步走在烈日下的梁平经横滨体育馆直奔关内站，进站后又突然犹豫起来。他迟疑地折返，走进一旁的公用电话亭，拨通了一个早已烂熟于心的号码。

"您好，这里是多摩樱医院。"

"请转老年科护士值班室。"梁平对医院总机接话员说。

电话接通。

"您好，这里是老年科。"说话的是一个年轻的女人。

"请问久坂优希护士在吗？"

"请问您贵姓？"

"铃木。"梁平用了一个不可能被查到的假名。

没等太久。"您好，我是久坂。"优希的声音里带着些许警惕。

梁平一如既往地一声不吭，他只想听听优希的声音。

"喂？又是你吧？"显然，优希已经有些生气。

梁平挂断电话，回到车站。

她在上班！梁平犹豫着要不要现在打道回府或是假装过去糊弄一下，但想着想着已经走进站台，坐上了开往川崎方向的电车。

车厢里没开空调，很是闷热。许多乘客脱下外套。梁平穿着藏青色的西装，却觉得浑身发冷。

他自言自语，反复念叨："我是去小儿科，应该见不到她……"

出了川崎站，梁平坐上一辆出租车，顺着国道一号线北上。

他在不到医院的地方下了车，然后绕至后门进入医院。他尽量避开医护人员，穿过后院的垃圾处理场和焚烧炉，从紧急出入口进入一楼。医院里开着空调，充满消毒水味道的冷气扑面而来。

小儿科在二楼，老年科在八楼。

梁平从消防通道上二楼，推开安全出口的金属门，立刻听到孩子们此起彼伏的哭闹声、尖叫声，还有夹杂其中的些许笑声。

梁平走在楼道里，一见穿护士服的就特别紧张，心脏狂跳，确认不是优希后又马上放下心来。来到护士值班室，他向一名年轻护士出示警官证，询问那个男孩的病房号。

梁平在一间单人间的病房前见到了同属久保木中队的蜂谷和清水二位巡查部长。

"那孩子始终面无表情。"比梁平大四岁的蜂谷说。

比梁平小一岁的清水满脸疲惫，不停地挠着耳后。也许是因为觉得对方是个怎么也不肯开口的孩子，这种取证调查不会让自己在这起案件中立什么功，所以看起来毫无干劲。

蜂谷问："那天在现场，你和那孩子说过什么？"

"不记得了。"梁平实话实说。

"那孩子除了问'给我披衣服的人在哪儿？'，其他一个字都不肯说。我们彻底拿他没办法。"

"那孩子现在一个人在里面？"

"他母亲也在。队长交代过，你来了，我们就可以走。这是你的案子，你得负责到底。"

梁平目送二人离开后，想随便找个地方溜达半天就回去，说什么都没问出来，交差了事。在医院待的时间越长，遇见她的可能性就越大……

然而，梁平终究还是选择留下。他轻轻地敲了敲门，病房里有人轻声回应。

梁平推开门走进病房,第一眼便看到躺在床上的男孩正穿着睡衣仰面躺着,双眼直勾勾地盯着天花板。

男孩的母亲坐在病床边的椅子上,见梁平进来,有礼貌地起身问道:"请问您是……"

"我是神奈川县警察总部的警官。"梁平其实并不记得男孩母亲的长相。

在当时那种情况下,梁平根本无暇注意她的长相。男孩母亲也一样,并不记得梁平,脸上露出有些焦躁的神情。

梁平一时间不知该如何解释:"我是那天第一个进入您家的警察,遭遇到这种事……您也真的辛苦了。"

"那天?"男孩母亲皱起眉头。

梁平点点头。

躺在病床上的男孩比母亲更快地反应过来,"噌"地坐起身,直视梁平。

"你还好吧?"梁平向男孩打招呼。

男孩没有回答,依然默默地直视梁平。

"啊!您是那天救了我们的……"男孩的母亲吃惊地捂住嘴,赶紧向梁平鞠躬,"一直没来得及向您说谢谢,真的太感谢了。"

"快别这么说。我们要是能再早到一会儿就好了。"

"小淳,快向警察叔叔说谢谢!这位就是那天救了我们的警察!"

男孩突然变了表情,一下子趴在床上,把头蒙进被子里。

"我们也不知道该怎么办才好,他最近一直都是这样,医生说只能等,让时间来解决。"男孩的母亲无可奈何地勉强挤出笑容,面露难色地说,"对救了我们的您这么说,可能有些失礼,但……

已经来过好多警察，同样的问题问了一遍又一遍。媒体记者也一样，不仅找到家里，听说还去了孩子的学校。说实话，真的不堪其扰。别说这孩子，我们做父母的也都想快点儿把那件事给忘掉。但现在这种状态……我们实在……对您，我们是由衷地心存感激，但真的希望别再问孩子那天的事了，最好也别再来这里，就当作什么都没发生过……为了这孩子……"

"当作什么都没发生过？怎么可能？"梁平并非对着母亲，而是面朝病床上缩成一团的"被子"，言辞激动。

男孩母亲的脸色越发难看："您这话是什么意思？"

"他哭过吗？"梁平问。

"什么？"

"他哭过吗？"

"淳一吗？当时哭过。"

"事发后，被送来医院后，他哭过吗？"

"呃……"

"当作什么都没发生过？根本不可能！如果假装没发生过，这孩子会伤得更重。"梁平走到病床边，把手轻放在被子上，"他是怎么欺负你的？你记得，对吗？那混蛋是怎么欺负的？你一定都还记得。"

躲在被子里的男孩拼命摇头。

"他对你做了那么残忍的事，你不可能忘记！"

男孩的母亲急忙上前阻止："您知道在说什么吗？快别说了！"

梁平无视男孩母亲的阻拦，一把掀开被子。

床上的男孩早已蜷缩成一团。

"他那么残忍地糟蹋了你，那不是你的错！是那个畜生太坏！全是那个畜生的错！"

男孩抓过床单蒙住脸，痛苦地呻吟："你是坏蛋！你为什么不杀了他？"

梁平凑近男孩耳边："我想杀……真的！我当时真想杀了他。"

男孩的母亲再次上前阻止："够了！您说够了吧！"

梁平伸出一只手拦住男孩的母亲，继续对男孩说："但我杀了他没用，淳一，必须你去杀了他！你恨那个混蛋！你一点儿都没错！全是那畜生的错！你应该去解决他！"说完，用另一只手拉起男孩的手。

"快放手！你要干吗？"男孩的母亲着急地想要拉开二人。

"您相信我一次！"梁平转身向男孩的母亲点头致歉，一把拽起男孩，"跟我走！"

"疼！"男孩痛得面部扭曲。

"不能逃避！现在选择逃避会毁了你自己！"梁平不顾一切地把男孩拽下床，迅速帮他穿好拖鞋，推开试图阻挡的男孩母亲，拉着男孩走出病房。

"来人啊！医生！护士！快来人啊！"男孩的母亲一边大叫，一边跑向护士值班室。

梁平拉着男孩朝与他母亲相反的方向跑至消防通道，推开安全出口的门。梁平拉着男孩飞快跑下楼，来到医院的院子里。男孩似已失去自己的意志，没有反抗，只是被动地被梁平拉着跑。

两个人穿过院子，来到医院放置焚烧炉的垃圾处理场。

高高堆起的破桌子、旧床垫等大型废弃物前种着几棵毛玉兰树，似是为了遮丑。

梁平把男孩拉到其中一棵毛玉兰树下："在这儿等一下。"然后从垃圾堆里扛出一张破旧的席梦思床垫，靠放在另一棵毛玉兰树上。花已盛开，散发出阵阵清香。

梁平牵着男孩的手，把他带到距离床垫五米远的地方，从脚边捡起几块小石头对男孩说："你看，前面就是那个畜生！"他把石头递给男孩，指着床垫说，"我们用石头狠狠地砸他！"

可是石头从男孩手中掉落在地上，男孩耷拉着脑袋，双手抱着自己的双肩，一副冷得发抖的模样。

梁平默默地捡起石头，大叫一声："混蛋！"然后狠狠地朝床垫砸去。石头砸中床垫，发出沉闷的"咚"的一声，弹落到地上。

梁平又捡起另一块小石头，一边骂着"畜生！"一边再次砸向床垫。

蹩脚的表演说教、伪善的做戏关心很难打动感情细腻又敏感的孩子——梁平自己的童年经历让他很清楚这一点。他现在所做的一切并非为了作秀给男孩看，而是为了自己。他已完全沉浸在自己的世界中。

"去死！畜生！"梁平把石头砸向床垫，眼前的床垫与他曾经憎恶过的大人重叠起来。

梁平不停地捡起石头砸向床垫。

终于，男孩被梁平打动，抢在梁平前面将小手伸向石头。他避开梁平的视线，举起石头，试着扔向床垫。但因为力气太小，石头无力地落在床垫上再滚到地上。梁平默默地把自己捡起的石头递给男孩。男孩接过石头再次砸向床垫，这次比刚才更用力，但石头砸中床垫时没有发出"咚"的声响。

梁平温柔地对男孩说："喊出声来！用最难听的话咒骂那个畜生！"说完又递给他一块石头。这一次，男孩把石头砸出去的同时骂了一声"畜生！"，但声音很小。梁平马上又递给他另一块石头。男孩抓过石头，同时大喊"畜生！"，这次砸得更用力，骂得更大声。

"混蛋!"男孩一边流泪一边怒吼,"去死!畜生!去死!"

瘦弱的男孩用尽全力地骂着、砸着,气势之强,仿佛真要杀死对方。男孩喘着粗气,浑身是汗,继续骂"畜生!"的同时,把石头一块又一块地砸向床垫。

梁平在男孩身后默默地看着他,为他不断地递上石头。

男孩的母亲和护士们不知何时已经来到他们的身后,被男孩发泄愤懑的架势震惊,一个个瞪大眼睛,一声不出地愣在原地。

终于,男孩像是用完了所有的力气——扔出去的石头已到不了床垫。

"畜生!混蛋!"男孩继续骂着、喊着,然后蹲在地上垂下双臂,号啕大哭。

此时的梁平很想一把抱住男孩,但他极力控制住自己,转身朝男孩的母亲使了个眼色。男孩的母亲立刻心领神会,跑到男孩身边,紧紧地将他抱在怀里。依偎在母亲怀里的男孩哭得更大声了。

一片较大的花瓣从靠放床垫的毛玉兰树上飘然落至地面。

6

优希扶着一名患者在院子里散步的时候听到了那个男孩的骂喊声。虽然这种情形在医院里并不罕见,但优希听出那骂声中充满极度的仇恨,所以很是在意。

"怎么回事呀?"双腿干瘦、看似站不稳的患者朝传出骂声的方向看去。

患者名叫长濑麻里子,是长濑笙一郎的母亲,经各项医学检测后,被诊断为痴呆加认知功能障碍,即阿尔茨海默病。检查结果还显示，她的大脑皮层严重萎缩，海马周围供血不足。其实她的年纪还算不上太大。

阿尔茨海默病的病房里虽然有一个空床位，但因护士人手不足，老年科本来并不打算接收麻里子。经优希反复恳请，院方看在优希平日里努力工作，还经常帮助其他护士，才终于同意让麻里子住进来。

长濑麻里子大眼睛、高鼻梁，一脸富贵相。护士们都觉得她年轻的时候肯定有很多人追求。优希很清楚，麻里子年轻的时候确实非常招男人喜欢——十七八年前，麻里子本人和她儿子笙一郎都曾这么说过。

现在的麻里子虽说已是五十一岁，皮肤却反而比年轻时更有弹性，更显光泽。

年轻时，她整日浓妆艳抹，令皮肤变得非常粗糙而显老，和男人们复杂混乱的关系让她操劳忧虑，对孩子的愧疚令她焦躁不安，导致那张天生漂亮的脸蛋经常布满心烦与疲惫。

而现在的麻里子已经不用背负生活的窘迫与责任，不必苦恼人生的意义与目标，因此脸上不再有以前的惶恐与心累，有时甚至看起来像无邪可爱的小孩。

事实上，老年科里很多痴呆症患者随着病情的加重都会变得越来越像小孩，不仅性情越发任性，动辄发脾气，还会故意为难护士，甚至动手打护士。不过优希总是从这些行为中感受到他们孩子般的单纯天真，觉得他们是在撒娇，在渴求爱的关注与保护。

"谁在生气？谁在哭啊？"麻里子很在意孩子的声音，示意想过去看看。

"想去那边吗？"优希问。她自己也想去看看到底是哪个孩子哭得这么撕心裂肺。

麻里子的腿脚不是很利索，但总体上而言，身体的各项功能还算保持得不错；但精神方面时好时坏，有时看起来很正常，有时却突发奇怪的言行。

特别是吃东西的时候，一定得非常当心，因为她有时候会直接用手去拿着吃，甚至把手指伸进味噌汤里。如果被人强行按住双手，她就会大声喊叫，甚至动手；但只要看护人员温柔地喂她吃，她便会乖乖地张嘴进食。她特别喜欢优希来照顾她，每次看到优希，都会乐呵呵地笑不停。

麻里子的手腕上有伤痕，是笙一郎把她接回自己的公寓后，因为白天要出门上班，只能把她绑在床脚或桌脚而留下的。送她来住院的时候，笙一郎曾自责地说："我是个不孝子。"优希当然不会怪罪笙一郎，但当时没能说出安慰的话。

优希和麻里子一起来到后院。医院的废弃物被收在上了锁的钢质容器里，大型废弃物则放在外面，方便负责处理的人员前来收取。她们看到一张旧床垫靠在毛玉兰花树下，一个穿睡衣的男孩正朝床垫砸石头，一边砸一边骂。男孩身后站着一个穿素色西装的男人，正不断地把石头递给男孩。

优希记得这个男孩，认出他是发生在多摩川附近猥亵男孩事件的受害者。优希之前就对这起案件非常关注，为孩子的遭遇感到极其难受、心疼，听到罪犯四天前被捕的消息后总算松了一口气。但两天前，得知受害男孩转到自己所在的这家医院，她再次受到触动，一直很在意到底是个怎样的男孩？遇到儿科护士的时候，她还曾打听过男孩的情况。

儿科护士说，男孩转院来到这里之后，一直面无表情，无论医生、护士问什么都一言不发。夜里，会突然大喊大叫，没有一天睡得安稳。护士曾送给他一个布娃娃，想安抚他，谁知他拿起娃娃又踢又打，还把娃娃穿的衣服都撕破。

今天早上，优希忍不住去儿科看那个男孩。一名护士告诉她，男孩在游戏室，于是优希来到游戏室外的走廊上隔着玻璃朝里看。在铺着绒毯的游戏室大房间里，孩子们正在欢闹。优希一眼辨识出那个男孩——他正把护士给的画笔全扔掉，还撕掉画纸。护士试图阻止，他不管不顾地抓住一个在角落里玩积木的幼儿，从他身后扑了上去，似乎在重演自己被伤害时的情形。优希见状，赶紧冲进游戏室和其他护士一起上前制止。

优希一直不愿意来儿科工作，因为十七八年前，她早已亲眼见过很多类似的孩子。身处这样的儿科，令她时刻如坐针毡。

优希认为男孩不能把愤怒埋在心里，应该发泄出来。受到过残忍伤害的孩子如果将愤怒深埋心底，很容易由仇恨转为自责：觉得是因为自己不好，所以被人欺负；因为自己是个坏孩子，所以会受到伤害。在这起案件中，男孩亲眼看到父母因自己而身陷险境，会更容易把责任怪到自己头上而产生强烈的负罪感。

她曾通过老年科护士长向儿科护士长建议为这个男孩找精神科医生来看诊，儿科已经同意。但因为针对儿童的精神科医生非常难找，所以还未落实。

没想到此时此刻那个男孩竟然可以如此痛快地发泄愤懑。

"畜生！混蛋！"男孩一边骂一边用石头砸，那模样着实让人心疼。将积郁和愤怒发泄出来，是否真能治好心病？科学上关于这一点尚未有定论，但优希个人觉得很有必要。为了认清坏人的罪恶，找回自尊，必须发泄出来。何况眼前这个男孩并非真的在杀人。

他和我们不一样，优希心想，当年的我们也应该找张床垫……

"好！干得漂亮！"一旁的麻里子小声地叫好，攥紧拳头说，

"那是坏蛋！不能认输！杀了他！"仿佛她也在发泄愤怒。

男孩用尽了力气，蹲在地上放声痛哭起来。积郁多日的愤怒终觅得出口，决堤的泪水是悲伤，也是活着的证明。他的哭声是遭遇伤害后的痛苦嘶吼，也是得到关爱后的幸福微笑，更是发自肺腑的呐喊：这里有一个单纯的生命、一个活着的孩子！

男孩被母亲紧紧抱住后，哭得更厉害了。

必须发泄出愤怒与仇恨。但光有发泄还不够，如此这般的温柔拥抱一定不能少……必须在自己最想依偎的臂弯里被紧紧地抱住，牢牢地守护……

麻里子不停地轻轻拍手："干得漂亮！太棒了！"

给男孩递石头的男人听到有人拍手，不由得循声望去。那是一张娃娃脸，却给人以精干的印象。

男人的目光刚好与优希的对上，他当场愣住，瞳孔晃动。优希也注意到男人恍惚的眼神，产生了一种难以言状的不安。

男人张了张嘴，却什么都没说出口，转身准备离去。

"笙一郎！"麻里子突然叫了一声。

男人吃了一惊，停下脚步转过头，不是看着优希，而是盯着穿病号服的麻里子。

优希突然觉得这个男人很面熟。

麻里子撇下一边的优希，蹒跚地走向男人："笙一郎！你下山了？是顺着铁索爬上去的吧？太危险了！傻孩子！怎么样？山上漂亮吗？快过来，和妈妈好好聊聊。"麻里子边说边朝男人招手示意。

男人面部扭曲，眼神中充满恐惧。他看看麻里子，又看看优希，不由得连连后退。

麻里子见状大喊："笙一郎！你怎么了？"

男人仿佛听到可怕的声音，拔腿就跑，转眼消失在拐角处。

优希的记忆中浮现出一个少年的面容，渐渐与远去的男人重叠在一起。

不可能！不可能！一定是认错人了！

她真想忘记刚刚见过的这个男人，因为必须忘记。

7

出了横滨站旁边的反町站，穿过商业街，在第二个巷口朝里走，可以看见一片幽静的地带。早川奈绪子的小酒馆就开在路旁。

两层楼的木建筑，外观与一般民宅并无二致。正门的门柱上装着一只球形灯，灯罩上用漂亮的毛笔字写着"奈绪"。这是小酒馆唯一的标志，没有常见的灯笼，甚至没有招牌。

此刻，灯没开，酒馆门前的小院漆黑一片。老主顾一看便知已经打烊。其实来这儿的客人也只有那些老主顾。

梁平与伊岛并肩坐在小酒馆的吧台前，一身和服的奈绪子站在吧台里，正用一只装了冰块的玻璃酒壶为伊岛斟酒。

伊岛接过酒杯对梁平说："总之，那男孩终于开口了。"说完又干了一杯。其实这句话他已经说了好几遍。伊岛今天喝了不少，脸已经变成红铜色。

奈绪子把酒壶举到梁平眼前问："还要吗？"

双肘撑在吧台上的梁平稍稍低头，抬眼看了看奈绪子："当然要啊。"说完，拿起酒杯让奈绪子给他满上。他早已解开领带，将衬衣袖子挽至上臂。事实上，他喝得比伊岛更多。

伊岛又说："不知道你是怎么让那孩子开口的，总之干得漂亮！"

梁平不以为然地说："我什么都没干。"说完，又是一口闷掉一杯，然后把空酒杯放回吧台。

梁平离开医院后，被贺谷雪生猥亵的男孩向母亲说出了事情的经过。接到男孩母亲的电话，高津警署的警察和伊岛立刻赶过去。

男孩讲述的经过和警方推测的基本一致——在屋外玩耍的男孩遇到逃窜的贺谷，贺谷持刀逼迫男孩一起回了家，进门后，贺谷把男孩和正在洗衣服的母亲都绑起来，一起等男孩的父亲下班回家……此后的情况与男孩父母的证词基本一致。不过，关于被猥亵的细节，男孩只字不提，一个劲儿地摇头说记不得了。

"不管怎么说，那孩子终于开口说话了，至少可以证明贺谷擅闯民宅的犯罪事实。这就行了。"

"行了？怎么可能？"梁平没看伊岛，反驳说，"他不愿想起、不肯说出被糟蹋的事……说明他受的伤根本没好。"

"你不是已经帮他把憋在心里的难受都发泄出来了嘛。"伊岛从男孩的母亲那里得知了梁平所做的一切。不过梁平向队长报告时却说自己什么都没问出来，还因此挨了骂。

"一次、两次根本发泄不完，更别说痊愈了。做什么都无法改变他被人糟蹋的事实。"

"有些事，我们也无能为力。主治医生说，会给他请院外的精神科医生帮助恢复。"

"只有孩子接受治疗，还远远不够，他的父母也得接受心理辅导。他们心里肯定还留存着许多恐惧与不安，一定会影响到孩子。他们可能会在无意间因为那件事而责备孩子，哪怕是无心的，都有可能让孩子再次受到伤害……"说到这里，梁平把头一转，示意奈绪子斟酒。

奈绪子刚给他斟满一杯，梁平立刻一饮而尽，又默不作声。

为了缓和气氛，伊岛赶紧转换话题，向奈绪子说："你爸爸的忌日快到了吧？他生前关照过很多人，大家都想来。"

"是大家一直在关照我们……"奈绪子说着，向伊岛鞠了一躬。梁平听伊岛说过，最早开这家小酒馆的是奈绪子的父亲。

奈绪子的父亲原是神奈川县警察总部的警察，曾做过伊岛的上司。十五年前抓捕强盗时，胸口中刀，落下残疾，于是提前退休。因本来就喜欢下厨，所以干脆把自家改造了一下，开了这间小酒馆。店内很干净，又雅致，来关照生意的大多是自己人，即警局的弟兄们，因此周围的地痞流氓都不敢来这儿找茬儿。所有人都以为这间小酒馆会风平浪静地开下去，不料两年前，奈绪子的父亲因心力衰竭突然辞世。

奈绪子的母亲早在五年前因脑溢血而过世。奈绪子的哥哥比她大五岁，但因为与父亲不和，很早就离家在外闯荡，现在在北海道的一家乳制品公司工作。哥哥已婚，有三个孩子，不打算回来继承父亲的小酒馆。

奈绪子七年前结过婚。伊岛第三次把梁平带来这里的时候告诉过他，但详细情况还是在半年前即梁平开始一个人来店里三个月后，奈绪子亲自在被窝里告诉梁平的。

奈绪子的前夫是她在广告公司工作时的同事，外表看起来是个脾气温和、工作出众的精英白领，实则是个对妈妈依赖性极强的人，家里任何事都是婆婆说了算。所以结婚两年后，奈绪子受不了，选择了离婚。自那以后，奈绪子回到娘家，帮父亲经营小酒馆。

父亲过世后，奈绪子本打算关门停业，但伊岛等老主顾答应会帮着奈绪子把这里经营下去，所以她选择了继续营业。这一开，又是两年。

"等过了你爸爸的忌日，该好好考虑考虑你们俩的事了。"伊岛建议。

"伊岛先生……"奈绪子并不想让伊岛说下去。

伊岛把玩着手里的杯子说:"人嘛,总得有个归宿,这才叫直面人生。不光是有泽,我说的是你俩。你俩的人生观都太畏手畏脚,说什么在工作中寻找寄托,那是逃避,不是直面人生。当然,组建家庭会很辛苦,还会失去一部分的自由。但两个人在一起可以得到更多的关心和照顾,人生会变得更丰富、更有意义。一直背对他人的生活,不能算是真的活着。"

梁平的视线落在空酒杯上:"我没有背对谁。"

"不!你一直在背对。我始终觉得你总是在伪装自己,活得很不真实,害怕真实地活着!"

这句话触动了梁平的神经,让他忍不住顶撞道:"您别说得好像什么都知道!"

话音刚落,梁平就感觉伊岛瞪向自己。

"好了好了,二位都喝多了。"奈绪子赶紧打圆场,一边给伊岛满上今天的最后一杯一边说,"估计有泽心里已经有人了。"

梁平不由得瞥了她一眼。

奈绪子面不改色地继续说:"是吧,你心里其实一直想着那个人吧?"说完,向梁平投去一个调侃的笑脸。

伊岛走后,梁平又独酌了一会儿。奈绪子洗完酒杯等器皿,关上门窗,扶着梁平上了二楼。梁平很早便搬出了警察总部的单身宿舍,在野毛山公园附近租了间公寓,但他基本上不回自己家。查案期间,他大多住在县警署或辖区警署的值班室,有时直接睡在用于训练格斗术的道场;案子办完则来奈绪子这里住。

奈绪子在一边铺被子的时候,梁平瞥了一眼用来当作仓鼠窝的收纳盒。仓鼠仔已经长大,睁开了眼。梁平拿起收纳盒看着它们:

"你打算怎么处理这些东西?"

"怎么处理?当然是送人。"

"扔掉算了。"

"干吗?我会找到人领养它们的。"

"结果都一样,都是强行让它们离开父母。我早就跟你说别养。"

"当时那位客人说,如果我不收留它们,他会把这对鼠爸爸鼠妈妈都弄死。如果我当时拒绝,不就等于是我害了它们吗?"奈绪子不服气地辩解道。

被子铺好,奈绪子叹了口气:"再说,我一个人过日子,家里有这些活物,也是个伴。"

梁平把收纳盒放回原处,视线落在别处,问奈绪子:"我是不是说过什么?"

"嗯?"

"你对伊岛主任说我心里有别人,你怎么知道?"

"哟,真被我说中了。"奈绪子用开玩笑的语气说着,拍了拍手,"我那么说是为了套你的话……原来你心里真的有别人!"

梁平转身去看她。

奈绪子背过脸的一瞬间,梁平注意到她泫然欲泣的表情。她背对梁平哼着小曲,慢慢解开和服的腰带。梁平站起身,从后面抱住她。奈绪子用力挣脱。梁平感觉得出,奈绪子是真的不乐意。

梁平心头涌起一股莫名的痛楚。为了暂时逃避这种痛楚,他更加用力地抱紧奈绪子,然后一起倒在被褥上,再把她的身体翻过来,自己压在上面,擒住她的双手,低头去吻她。

"阿梁!不要……"奈绪子扭头躲开梁平的嘴唇,"我不要当别人的替代品!"说完,露出一丝笑容。

梁平盯着她："谁说你是替代品？"说完开始吻她的脖子，手伸进已被他弄乱了的和服里，抚摸柔嫩的肌肤，又分开她并紧的膝盖，扯下内裤。

梁平压在奈绪子的身上解开皮带，脱去长裤和内裤。右手抓着奈绪子的双手高举过头，左手伸到她的膝盖下，将双腿抬起。

"阿梁，和服……"

梁平不管不顾。

"阿梁，疼……"奈绪子低声叫唤。

梁平没有停下，反而更加用力。他啃咬着，从奈绪子的脖子游走至胸口——实际上，他真的咬了好几口——脚尖抵着地面，深深地用力。

梁平一边切实地感受着她身体里的温暖，一边不相信自己："有感觉吗？"

奈绪子似乎很痛，皱着眉头没有回答。

"没感觉吗？"梁平突然不安地停下来。

奈绪子睁开噙着泪的双眼，看着自己身体上方的梁平，笑着说："当然有感觉。"

梁平凝视她片刻，再次激烈地动起来。

"我在吗？"

"在啊，就在这里。"奈绪子将手放在自己的下腹部。

梁平注视着她的脸，静静地律动。

"你在这里，好好的。"奈绪子温柔地告诉他。

梁平抱起奈绪子，脱掉缠在她身上的和服，自己也脱去衬衣。为了以她的身体感受自己的存在，他疯狂地抱紧她，仿佛要将她挤扁、拧干。

第二天早上，梁平没有去位于高津警署的搜查总部，而是直接去了神奈川县警察总部。高津警署将负责贺谷雪生一案的后续，梁平等人则被告知准备接手新的案子。

上午八点，梁平来到位于警察总部十一楼的大办公室，刚坐到自己的办公桌前就看到不锈钢办公桌上放着一封电报，印着鲜花图案，是那种最廉价的贺电用纸。

梁平看了看收件人，确认写着县警总部的地址："神奈川县警察总部 刑事科搜查一科 有泽梁平 收"

"电报是刚送到的。"从洗手间回来的伊岛一边用手帕擦手一边对梁平说。

梁平向伊岛鞠了一躬："抱歉，昨晚喝太多，失礼了。"

伊岛摆摆手："我喝醉了，什么都不记得。就算有失礼，那也是彼此彼此。"

"对不起……"

"行了，还是看看是谁发给你的贺电吧。"

"完全猜不到。"

梁平打开贺电，第一眼便看到收件人——"长颈鹿"！

他屏住呼吸，闭上双眼。"长颈鹿"，这是他从未忘记过的名字！实际叫的时候不是"长颈鹿"，而是英文的"Giraffe"。并非所有人都知道这个名字，这是只有极少数人才知道、"那个时候"他的绰号。

梁平折起电报，对伊岛说了句："抱歉，我出去一下。"

走出办公室的梁平竭力控制自己内心的狂跳不已，尽可能放慢脚步地走进洗手间的单间，从里面插上插销。

他再次打开电报。

电报的正文是："庆祝重逢。十二点，山下鞋店见。"

梁平放下马桶盖，坐在上面。

落款处和他猜想的一样，果然写着"鼹鼠"。其实他看到收件人是"长颈鹿"时，就已经确信发件人必为"鼹鼠"。

整个上午，梁平无心处理公事，心神不宁地熬到中午。他感到很矛盾，一边希望千万别有什么新案子让他没时间赴约，一边又祈祷赶紧发生什么，好让他受命外出行动。但他心里其实很清楚，有没有案件、需不需要出警其实一点关系都没有，是否去赴约全由他自己做主。如果真的不想见，无视那封电报就好。

十一点五十五分，伊岛约梁平共进午餐。这本是一个绝佳的机会，让梁平不去管那封电报，但他对伊岛说自己有事要出去一下。

梁平走出警察总部，朝山下公园走去。

蓝天白云，晴空万里，横滨港内风平浪静。海面上闪烁着混沌的亮光，公园里几乎闻不到海水味。梁平朝那座穿红鞋子的少女像走去。

少女像边上有一条长凳，坐着一个穿银灰色高级西装的瘦高个，头发偏长，看上去三十岁左右。

男人耳朵里塞着耳机，似乎正在欣赏古典音乐，一双慧黠的单眼皮眼睛正注视着前方的海面。

梁平停下脚步，从稍远处观察瘦高个的侧脸。

他曾多次从远处见过在医院当护士的优希，在她家或医院附近，甚至曾为了守护她而跟踪过她。但眼前这个男人，十七年来，他从未见过。

然而，不可思议的是，也许是一直想着他的缘故，梁平对他没有半点生疏感。

十七年了，对于她和他，梁平未曾忘记一秒钟。梁平曾想象过长大后的"鼹鼠"的容貌，而现在，眼前这个男人竟和梁平曾经的想象几乎一模一样。

瘦高个意识到有人在盯着自己，抬起头来，一眼便认出了梁平，表情瞬间僵住，但马上恢复常态，笑着开口："不愧是刑警！"他取下耳机，"我的暗号，都看懂了？"

梁平一边走向瘦高个一边说："那算哪门子暗号？小学生都能猜出'山下鞋店'的意思。"

"我想了好久呢。"

"在听什么？古典音乐？你还是老样子，品位高雅。"

"要听吗？"瘦高个说着，把耳机递给梁平。梁平在瘦高个边上坐下，戴上耳机——居然是关西方言的相声。梁平笑了笑，取下耳机还给对方。

"鼹鼠，"用英文叫出这个绰号，梁平重新打量了一下对方，"你现在叫什么？"

"长濑笙一郎。"

"长濑？"

"父母离婚后，我跟我妈妈的姓。"

"在哪儿高就？"

"律师，隶属东京律师协会。"

梁平吃了一惊，脱口而出："冤家路窄嘛。"

笙一郎笑着说："我主要从事企业法和民法相关工作，和你没交集。"

梁平接过笙一郎的名片："你怎么知道我在这里？"

"昨天我去过医院，多摩樱医院。"

梁平心中咯噔一下：真是怕什么来什么。

"你们早就见过了？"

笙一郎当然知道梁平说的"你们"是指谁，摇摇头说："和她再次见到，是一个月前的事。真的，我不骗你。和你一样，在那之前，十七年里一次都没见过……我妈妈病了，住在那家医院。"

"你们是偶然遇见的？"

"不，不能说是偶然。我始终认为，这个世界上根本不存在偶然。"

"什么意思？"

笙一郎并没立刻回答，而是从上衣口袋里掏出一盒烟，刚要点火，突然想起什么似的看了看梁平："介意吗？"

"什么？"

"介意我抽烟吗？我记得你以前很抗拒看到别人抽烟。"

梁平苦笑了一下："我自己都差点儿学会了抽烟。"

"现在已经受得了女人抽烟？"

"早就受得了，而且你是男人。"

笙一郎点点头，点燃香烟抽了起来。

梁平斜眼看着笙一郎抽烟的样子："那天我在医院里看到的果然是你母亲，我当时就想，怎么这么像呢？虽然上了年纪，但还是很漂亮。"

"你适可而止哦。"

"真的。"

"她病了，是痴呆症。"

"是吗？她对着我叫'笙一郎'，还提到爬山的事。当时真被吓到了。"

"她也是。犹豫了很久，最终决定打电话给我。她真的按捺不住了，决堤似的，滔滔不绝。她说这也太巧了——十七年后，刚刚重遇了我，没过多久，又再见到你。她反复说，怕是认错了人。不过我并不那么认为。你呢？你怎么想？"

"什么怎么想？"

"刚刚见过她，马上收到莫名其妙的电报，内心全无波澜？"

"有啊。"梁平如实回答。

笙一郎连吸了好几口烟："我觉得正因为她见到我才过了一个多月，所以一定是你。时隔十七年，再次见到她的那一刻，我就有预感：你一定很快会出现在我们面前，甚至可能不是明天就是后天。她说她很吃惊在一个月之内接连见到我们俩，可我却嫌你出现得太晚了呢。"

"我不知道你们已经见过了。"

"我也是啊，一直不知道你在哪里。但就是时候到了。我妈妈的事不过是个契机，其实我们已经到了非见不可的地步。我妈妈生病是偶然，但送她去那家医院并非巧合。若真有心去找，全国其他地方肯定还有更好的医院。"

"但我去那家医院确实是意外。"

"不是，"笙一郎扔掉烟头，用脚踩灭，又点燃一支，"是你也到了非见她不可的地步。见到她之前，我甚至想过也许你俩已经见过，但后来才发现并没有。不过，你和她的再次相遇绝对是不可避免的。明天？一年后？具体什么时间，我不敢说，但我肯定你一定忍不住。如果你已经变了，自然另当别论；如果你不再是以前的你，那我永远不会再出现在你面前。但'那时候'做过'那种事'的你和我怎么可能轻易改变？要是真能改变，反倒会轻松很多。"

"也许。"梁平点点头。

二人的脚边有一群鸽子围了过来，"咕咕咕"地叫唤着，不时抬头看两个男人。

笙一郎朝鸽群弹了弹烟灰："我和一家报社的社会部记者很熟，他通过警察总部的记者俱乐部给我弄来搜查一科的人员名单，我在名单上找到了你的名字。不知是幸还是不幸，你居然没改名。你当年不是过继给别人了吗？"

梁平的视线追逐着远去的鸽群："收养我的是同姓亲戚。"

"长颈鹿！"笙一郎叫了一声梁平当年的绰号。

梁平将视线从鸽群转向笙一郎。

笙一郎又抽出一支烟："你早就知道她在那家医院工作，对不对？不仅如此，你还知道她家住哪里、什么时候从护校毕业、在哪家医院的哪个科室工作过……你都知道，对吗？"

梁平从笙一郎的语气中断定，笙一郎和自己一样，十七年前，三个人分开后，一直通过各种方式掌握着久坂优希的情况。

笙一郎手指夹着未点燃的烟，望向海面："我要是能假装什么都不知道就好了。她对我说在医院见到的人好像是你时，我要是能听过不理就好了，可我偏偏四处打听你，就连你今天会来警察总部办公室值班都调查得清清楚楚。是我选择了主动联系你，而你……要是你不来就好了。我那封电报的收件人是'长颈鹿'，不是'Giraffe'。暗号也如你所说，是小学生水平。如果你置之不理，我应该不会再联系你。可是，你来了。你明明知道是谁在找你，你还是选择来了。"

梁平闭口不言。笙一郎说得没错，一切都是他自己的选择。

他可以在香川县警察总部当刑警，也可以去东京警视厅就职，但偏偏选了她所在的神奈川县。即使当年神奈川县警察总部没有录用他，他也一定会留在神奈川县，随便找份别的工作。

"为什么发贺电？"梁平问完，视线又落到自己的脚边，"以心情而言，你该发唁电吧？"

这一次轮到笙一郎沉默。他吐出苦涩的烟雾代替回答。

梁平抬头望向反射着混沌之光的大海，心中感慨万千：比起

"那个时候"，眼前的大海竟如此丑陋。

"终究还是相遇了。"梁平喃喃自语，从心底发出深深的叹息，"我们……终究还是相遇了。"

他说不清自己感慨的是现在还是十八年前初次的"相遇"。

眼前的大海风平浪静，视线的前方被码头遮挡，吸进口鼻的空气满是机油臭。

第二章

一九七九年五月二十四日

1

车窗外，五月的阳光温柔和煦，大海悠然起伏。

从四国的松山出发的一辆轿车行驶在沿着海岸的国道上。向西南行驶约二十公里，右转至伊予滩方向，来到一座名叫渔师町的小镇。

从小镇向西行驶五百米左右，道路的尽头是有着数栋两层病房楼的医院。

这是少女即将入住的医院：爱媛县立双海儿童综合医院。

医院对面是绵延至四国山区的群山，背面则是濑户内海。

少女听父亲说，在二十世纪三十年代，这里曾是一家专门治疗结核病的疗养院。战后，因结核病患者越来越少，一九六八年，恰巧是少女出生的那一年，这家医院被改为儿童专科医院。

少女乘坐的汽车沿着两边种着法国梧桐的道路驶入医院大门。医院门口是方便停车的环形路，边上则是一座大型停车场。从停放在里面的汽车的车牌来看，不仅有来自爱媛县的，还有来自四国地区其他三个县[①]的，甚至还有来自山阳地区的广岛县或冈山县的。少女所坐的车子则来自与这里隔了一片濑户内海的山口县。

汽车在医院门口停了下来。

副驾驶座边上的车门打开，少女的母亲先下车。她穿着看起来很沉稳的茶色西装，长发盘在头顶，下巴很小，脸很瘦，正微微皱着眉头，隔着车窗玻璃对依然坐在后排的少女叫了声："优希！"

久坂优希戴着弟弟的棒球帽，把帽檐压得很低，挡住眼睛，依旧坐在车里一动不动。

---

① 日本的四国地区由爱媛县、香川县、德岛县和高知县组成。

"怎么了，优希？"坐在驾驶座上的父亲久坂雄作回头问道。

雄作个子高瘦，肩膀很宽，身材结实。穿着一身很老土的灰色西装，系着一条同色系的领带。头发三七分、长脸、大眼，外眼角稍稍下垂，给人和善的印象。

"没关系的，这里不是什么可怕的地方，是一家好医院。"雄作温柔地说，眼角更加向下，笑着继续说，"我们不是说好了吗？爸爸之前已经来过一次，病房很干净，护士也很和善，不用担心，你在这里休息一段时间就回家。这里的空气多新鲜啊！舒舒服服地在这里住一阵子就行。"

"优希！你还在干吗？快下车！"母亲久坂志穗不耐烦地拉开车门，没好气地对优希说，"磨磨蹭蹭干什么？医生在等你呢。"

"干吗对孩子这么凶？"雄作的声音压过志穗，用头示意了医院大门的位置，"孩子长途跋涉来这么远的地方，心里肯定不安。"

志穗根本不理雄作，凑近优希继续催促："不是早就说好了吗？你自己也答应了。你在这儿把病治好，变回原来的优希，我们就回去。别那么娇气，快下车！"

优希还是一动不动。志穗焦躁地伸手去抓优希缩在黑色衬衣长袖里的左手手腕，优希疼痛难忍，轻声叫了一声。

志穗赶紧抽回手："伤口还疼？"

优希紧锁眉头，一声不吭。

志穗大声叫嚷起来："够了！说话！没长嘴啊？"

雄作深深地叹了一口气，语重心长地劝道："优希，我们先下车，好吗？"

优希抬起头，见父亲对自己点头示意，这才一点一点地挪动身子下了车。

志穗关上车门。雄作去停车场停车。

优希被志穗拉着右手走向医院大门。初夏的太阳晒得优希满头冒汗，很不舒服，于是摘下帽子。

玻璃大门上映出她的身影，头发比一般的短发还要短。这是她昨天自己用剪刀乱剪的，所以长短不一，有些地方能看到头皮。

"把帽子戴起来！"志穗生气地喝道。她抢过优希手里的棒球帽，强行扣在优希的头上。

优希穿着黑色棉布裤、黑色长袖衬衫，再加上这顶棒球帽，近看可能会被误以为是个男孩子。

"发什么呆！"

优希被志穗拉着右手走进医院。

刚进候诊大厅，就听到孩子的哭闹声与母亲哄孩子的安抚声。空间里弥漫着药品的刺鼻气味。

候诊大厅并不宽敞，正面是挂号台，右侧是缴费处和取药处，左侧摆着六条长椅，长椅前方悬挂着一台电视机。

虽是工作日的下午，大厅里却非常拥挤。长椅上几乎坐满了人——生病或受伤的孩子与他们的家长。孩子们大多是幼儿园或小学低年级的模样，但也有婴儿。

优希被志穗拉到大厅最靠里的一条长椅的空位边。

"坐下！"

优希被志穗按在座位上，志穗自己则站在优希边上。

优希环顾四周，大厅里坐满了儿童患者与他们的母亲——很多孩子似乎连哭的力气都没有了，而那些母亲，有不少看起来也没有一丁点哄孩子的力气了。

优希看了看医院的科室指南。内科、泌尿科、循环系统内科、外科、整形及微整形外科、放射科、眼科、耳鼻喉科、脑神经科，还有……儿童精神病科。

她之前在山口县德山市的一家诊所看过病。那位老医生曾对她的父母说，厚生省尚未把儿童精神病科列入正式的医疗科目，所以不允许诊所挂出儿童精神病科或小儿精神病科的牌子。而且一般人都觉得，小孩子本来就情绪不稳定，不可能真的有精神病，所以老医生起初只是反复宽慰她："你只是有点儿情绪不稳定。"

然而，老医生最终还是对治好优希失去了信心，并向她的父母推荐了双海医院，说全日本设有儿童精神病科的医院屈指可数，双海医院正是其中之一，硬件设施也都很好。优希的父母因此动了心，决定把她送到这里治疗。

"妈……"优希盯着科室介绍的牌子小声问道，"我是不是很臭？"

志穗立刻打断她："别胡说！"

优希的视线从牌子上移开，转向大厅后方的小卖部。

小卖部是个小房间，以优希的视野所及，里面卖的有文具和模型玩具等。

两个七八岁的女孩，一个以纱布包着头，一个以眼罩遮住眼，手拉手地走进小卖部。同时，一个身穿中学制服的少年正拄着拐杖从小卖部里走出来。

"怎么回事？这么久。"志穗嘟哝着朝停车场方向张望，"住院申请书在你爸爸手里呢，他怎么这么磨蹭？优希，你在这儿乖乖等着，别乱跑，知道吗？"

优希没有回答。

"妈妈一会儿就回来。"志穗说着走出大厅，前往停车场。

志穗刚走，优希立刻从长椅上站起身，朝小卖部方向走去。走到小卖部之后并没有停下脚步，而是顺着走廊朝医院后方走去。

刚才来的路上，她看到了医院后方的大海。海面看起来很平静，粼粼的波光却很耀眼。

她觉得那是真正的光，能融化丑陋的自己，过程中也不会产生任何恐惧。她无比憧憬着能沐浴在那片光中，被光融化。

顺着走廊走到尽头，优希来到消防通道的紧急出口，转动门把手，很轻松地把门打开。出门后，她看到一条连接各栋病房楼的屋外走廊。

她离开走廊，来到院子里，双脚踏上院内的土地。

一条没有项圈的狗摇着尾巴朝她奔来。狗毛为浅茶色，像柴犬，模样很可爱，拼命地摇尾巴撒娇，似在期待优希给它赏赐。可优希反而对此感到烦躁，根本不予理会。

或许是感觉到继续跟着优希没什么甜头，狗跟了一小段路，突然调转方向，朝白色病房一楼的一扇开着的窗户下面跑去。

优希见狗跑了，不由得停下脚步回头看去。从窗户里伸出一只穿着粉色病号服袖子的小手，正朝外面扔出一样东西。狗跑过去叼起来就吃，原来是住院的孩子在喂狗。不一会儿，她看见小手再次伸出，狗再次得到食物。当然，因为距离较远，她并没有听到孩子欢快的笑声或召唤狗的叫声。

突然，优希觉得自己看了不该看的东西，赶紧扭头离开。

在日照较差的医院西侧角落有一栋L形的病房楼，这栋病房楼从形状到予人的感觉都和其他病房楼很不一样。优希慌忙逃开，朝反方向走去。

走着走着，来到一堵水泥围墙前。沿着围墙又走了一段路，看到一道铁栅栏的门——这里应该是医院的后门。门关着，插着门闩，但没有上锁。

优希拉开门闩走了出去，发现右手边有条路，似乎可以绕回医院正门。医院对面的山上满是新绿，从山上吹下来的风带着阵阵草木的清香。

她逆着风,向左侧的大海方向走去。小路的尽头是高高的土堆,上面密密地种着麻叶绣线菊。现在正是开花的季节,绒线球似的小花筑成一道洁白的矮墙。

她拨开绣线菊的白色矮墙,向上爬去,可怜的小白花纷纷落下。

爬上土堆之后,可以看见长满白车轴草的斜坡,一直向下延伸至一片松林。

优希冲下土堆,一口气穿过松林,速度快得连她本人都很吃惊。眼看沙滩就在眼前,突然,脚下被树根绊了一下,重重地扑倒在地。

可她一点儿都不觉得疼,甩了甩头,从沙土里抬起头来。

一股强烈的潮水的香气扑面而来。波光呈现十字形,在眼前闪烁、跃动。黏乎乎、带着盐分的海风吹拂脸颊。

优希站起身,顾不上拂去脸上的沙土,径直奔向大海。沙滩上空无一人。她摘掉帽子,解开衬衫的扣子。

就要永远融化在那片光里了,还要衣服干什么?

脱左半边衬衫的时候,左腕的纱布卡住了衣袖。手腕上的伤依然很疼,她却不顾一切地将袖子拉扯着脱掉,又扔掉衬衣,脱去长裤,一步一步走向大海。一个大浪打来时,内衣也已全脱掉。

2

双海医院的北侧有一栋和各栋病房楼一样的两层楼建筑,这里是县立养护学校[①]分校的教学楼。

[①] 在日本,除了盲人学校、聋哑学校,其他以身心有障碍的儿童为接收对象的学校总称为养护学校。

住院的孩子都在这里临时就读。如果是卧床不起的孩子，就由老师去病房进行个别辅导。

小学部的孩子较少，一年级一个班，二、三年级一个班，四、五年级一个班，六年级一个班，智力障碍特别严重的孩子单独一个班，一共五个班。中学部一、二、三年级各一个班，智力有严重障碍的孩子单独一个班，一共四个班。

每天能来教室上课的孩子人数很有限，且流动性较强。就读时间的长短、是否来上课，都取决于孩子的病情。转学或退学更是家常便饭。

患心脏病、肾病等慢性疾病的孩子因住院时间较长，上课时的表情都比较阴沉，很少发言；就算笑，也给人一种寂寞的感觉。外科的患儿在这里则很活泼，除了绑着石膏不能动的部位，其他肢体语言都很丰富。

在学校里，孩子间很自然地出现歧视现象，欺凌问题以一种隐蔽、阴郁的方式蔓延。特别是那些在儿童精神病房住院的孩子，一直被排挤或孤立。

医院西侧角落那栋L形的两层楼就是儿童精神科的病房楼。听说在这家医院还是结核病疗养院时期，那栋楼里住的都是晚期患者，所以至今都流传着之前死亡的结核病人的幽灵会出没。现在那栋楼叫"八号楼"，但孩子们一直称之为"动物园"。

长颈鹿和鼹鼠——在动物园内被这么称呼的两个少年——逃了这天下午六年级的课。

教学楼南侧画着一圈二百米长的白色跑道，算是一座比较大的运动场，角落里有一间木造的小仓库。

长颈鹿是小个子，长着一张娃娃脸；鼹鼠是瘦高个，一脸忧郁。两个人钻进仓库与围墙之间的狭小缝隙蹲下身。

长颈鹿从斜纹布裤的兜里掏出一只高级打火机，鼹鼠则掏出一包烟。打火机和烟都是送孩子来医院的大人忘在候诊大厅里的。两个人各自叼着一支烟，点燃抽了起来。

长颈鹿抽了一口，然后用点燃的烟头烫脚下的蚂蚁。蚂蚁手忙脚乱地挣扎了几下，很快就不再动弹了。

鼹鼠一边把烟深深地吸进肺里，一边用脏兮兮的运动鞋的鞋头把脚下的沙土铲起来去埋蚂蚁。蚂蚁刚拼命钻出沙土，却又被他用脚铲起的一撮土埋了。

"什么时候行动？"长颈鹿一边用烟烫蚂蚁一边问。

鼹鼠把长长的刘海向上拨了拨："等天再暖和些。"

长颈鹿抬起头来："为什么？"

"这么冷的天，怎么睡在外面？会冻死的。就算不死，也肯定会重感冒，到时候还跑得了？"

"那你说什么时候合适？"

"怎么也得等过了梅雨期。"

"那还要等很久啊！"长颈鹿抬起脸，不满地看着鼹鼠。

鼹鼠好像和他轮换似的低下头："我们还必须作好充分准备。"

"已经从医院仓库里偷了收音机和手电筒。雨衣、毛巾也准备好了，蜡烛、打火机也有了，都装在双肩包里，随时可以走。"

"还缺地图。"

"不是有世界地图吗？"

"去世界之前，得先逃出这个小地方！"

"我去把图书室的分县地图册偷出来不就行了？"

"那是22500：1的，没用。我们得要详细的，什么胡同小道、商店，特别是把警亭都标清楚的那种。不然会很快迷路，然后被抓回来。"

"要不，去问老师要要看？就说是为了做课外研究。"

"能行吗？"

"试试看呀。"

"我？"

"必须是你，因为你嘴甜。"

"但要论力气大，肯定属你长颈鹿。"

二人对视，微微一笑。

"衣服的话，身上这些应该够了吧？"长颈鹿看了看自己穿的红色运动服和卡其色斜纹布裤。

鼹鼠穿着蓝色长袖棉布衫和牛仔裤。

他们的衣服都很脏，有些地方已经脱线。这也难怪，毕竟一年到头穿这些。

"逃走的时候，顺手拿几件别的动物的衣服。"长颈鹿说。

"最好能搞到防灾用品仓库的钥匙，"鼹鼠偏执地把埋蚂蚁的沙堆继续垒高，"服务楼地下室那个仓库里有地震时应急用的毛毯、罐头等，还有其他很多用得着的东西。"

"吃的东西，可以去食堂的冰箱里偷，那里晚上没人。"

"冰箱里的东西很快会腐烂。把罐头之类的塞进包里，应该可以撑一个多月。"

"罐头？那东西很难吃吧？"

"没事的。"

"靠吃乱七八糟的东西活命是你的特长吧？"

"能吃上罐头已经很奢侈了。"

"少显摆了。"

"这算显摆？"

"够吃一个月的话……能走到哪儿？"

"你想去哪儿？"

长颈鹿把即将燃尽的烟头塞进蚂蚁窝："东京、大阪、美国、欧洲、非洲……但也许到哪里都一样。"

"没错，因为世界末日就要到来。"

"所以更不想留在这里，不想在这里结束。"

鼹鼠把埋了蚂蚁的沙土堆一脚踩塌："他们——挣大钱的、有名的、长得漂亮的、想和长得漂亮的结婚的——都想被人捧着、供着，一个个尔虞我诈，争权夺势。真的已经累了、烦了。不会有人真的喜欢这个世界……最后必须一起毁灭，迎接末日！"

长颈鹿像在舞台上表演那样哈哈大笑起来："但是我们从生下来就拒绝成为伟人或名人，所以也被这个世界拒绝。当那些家伙因为世界末日将会到来而急得哇哇乱哭时，我们却可以哈哈大笑地说'你们一直争来夺去的东西根本就是一坨屎'，活该！还可以肆意地朝他们吐唾沫！"

鼹鼠对长颈鹿笑着说："没错！只有我们才拥有无限的可能性。只有一直被拒绝、被否定的我们在世界末日到来时才有机会被拯救。"

"什么意思？"

"因为我们没有被这个世界同化，所以当世界沦陷时，我们反而不会沉沦。"

"什么意思？什么叫同化？"

"就是变成一样的东西，融为一体。"

"你看太多晦涩的书了吧？其实你想成为大人物，对吧？"

鼹鼠有些被戳到痛处："一个人在家的时候，我看了我爸爸留下的不少书，自然就记住了。"

长颈鹿嘲笑道："是吗？世界沦陷时，地面都没了，只有我们飘在半空？你爸爸的书里是这么写的？"

"我们沦陷的时候，也许会有人伸出拯救之手。当然，我说的不是人类，也许是天使或人鱼公主。那些故事，你也看过吧？"

"人鱼公主？那不是骗小孩的童话吗？"

"也许吧。"

鼹鼠扔掉烟头站起来，把脸贴在铁丝网上朝外看。

医院外围是两米多高的水泥围墙，但唯独运动场周边的围墙比其他地方矮五六十厘米，且在面向大海的那部分装了铁丝网。

这里的围墙高度差不多到鼹鼠的脖子，越过铁丝网可以看到为预防盐害而种植的松林，还有沙滩和大海。

从医院前往海滩时，一般会走教学楼后门的铁门，但未经允许，严禁出去。

鼹鼠望着平静的海面，总觉得缺了些什么。突然，他看到沙滩上出现一个陌生的身影，瘦瘦的，形单影只，正朝大海走去。

是谁？距离太远，甚至分不清是男是女。

鼹鼠盯着那个身影，对身后的长颈鹿说："有人正朝海里走去！"

"连海水浴季节都没人来的鬼地方哪会有人？是你的错觉吧？"

"真的！不过我不确定是不是人……看起来不像人。"

长颈鹿扔掉烟头站起来，但因为个子矮，要使劲踮起脚尖，脸贴住铁丝网，才能看到海边。

那人全身赤裸。

除了左腕上有一点白色，其他的肌肤皆为浅粉色。那人打算干什么？居然毫不犹豫地往海里走。脚下的水花跳跃着，仿佛烟火般闪耀。

那瘦弱身体的膝盖已被海水没过，被浪打湿的浅粉色身体在太阳的照射下被包裹在耀眼的银色光芒中。

两个少年觉得出现在他们眼前的是一个特别的存在。

如果说世界即将毁灭，那么这个人就是前来拯救他们的天使或人鱼公主……

他们想象着，她，也许是他，对残酷的现实已经绝望，对世界即将沦陷早有预感，所以选择去海的另一边。

"怎么办，长颈鹿？"鼹鼠叫着。

长颈鹿已经迅速翻墙而过。

鼹鼠也紧随其后，爬上铁丝网。

3

海水没过了赤裸的胸口。

优希一点儿都不觉得冷。适应了海水的温度之后，反而觉得海里比外面更暖和。

她闭上眼睛，感觉橘色的宇宙无限延展。海浪打在身上，眼睑内侧的宇宙颤抖起来，橘色的世界充满诱惑。她在内心祈祷回到生命起初之所，希望活了十一年的自己能回到大海，在深深的海底被海草环抱，身心得到永远的放松。

突然，她似乎听到身后有人在呼叫，但很快，那声音就被涛声吞没。

她转念觉得，也许是自己内心深处发出的求救声，一边想一边光脚踩着海底的沙子，一步一步向更深的地方走去。

为何要求救？像现在这样活着其实更痛苦，但是……

优希突然停下脚步。如果大海与阳光能将旧我融化，重生出一个真正的新我，继续活下去……会有这种可能吗？

就在这时，刚才还风平浪静的海面突然掀起一个大浪，猛地打向优希。

优希全身没入海中，海水灌进她的鼻子和嘴巴，她难受地犯了恶心，呛了好几口海水，胸口像火烧一样痛。她已无法分清上下左右，海水从鼻腔直冲大脑。头好痛！

这是惩罚吗？为何受惩罚的是自己？为何一定要受惩罚？

身体随着海浪忽上忽下，脸部暂时露出水面。

单是阳光，就已非常刺眼；再加上海水呛刺，眼睛越发疼痛；口鼻被灌入空气与海水，剧烈的咳嗽令优希更加恶心想吐。

除了肉体的难受，更有精神上的痛苦。

为什么没沉下去？不是应该回到大海吗？是因为卑怯地渴望得救才没沉下去吗？优希用意志强忍肉体的痛苦，以求再次沉向海底。不过，脚一蹬到底，手跟着划水，身体又浮了起来。

怎么又浮了起来？身体再次背叛内心……这没用的身体太可恨！

脸部露出海面后，优希把裹着纱布的左腕举到嘴边，狠狠地咬了一口。

又苦又咸的海水充满口腔。优希继续使劲咬。

纱布裹着的是已经化脓的伤口。剧痛袭来的同时，一个新的想法闪过脑海——莫非旧我已经融化在海与光里，是新我、真正的自我在挣扎着准备现形？

再次被大浪打入海中的她在海水中睁开眼睛，仰面朝天，透过海水望向天空。无数白色水泡在身体周围涌起，又在阳光的照射下一个个地破裂。

优希衷心祈求——原谅我吧，原谅我这样一个人！救救我吧！我要新生！要变成真正的自己！救救我！

突然，她感到有一只手触碰到自己。吃惊之余，条件反射地想要甩开。但那只手执拗地抓着她不放。优希感到巨大的恐惧，用尽全力将头钻出水面。

"别丢下我们！"这叫声离优希很近。

"救救我们！"

优希循声看到两个少年的脸。

"把我们也一起带走！"

"救救我们！"

两个少年大声叫喊。

优希又惊又疑，手脚变得不听使唤。两个少年一边一个将她抱住。风越刮越猛，一个大浪打来，将紧紧抱住的三个人一起沉向海底。

优希此刻满脑子并非对死亡的恐惧，而是两个少年的举动所引发的混乱——他们大叫"救救我们！"，我？救谁？他们大叫"把我们带走！"，我？带走谁？带去哪里？

凭自己的意志也许能独自做成某些事，但为了别人……虽然自己曾经想成为那样的人，可根本做不到，只能放弃。

双脚碰到海底，优希睁开眼睛，不再走向黑暗，深陷沉沦，而是向着光明用力蹬踹。

一次次被海浪推远，又一次次被拉回。脸撞上海底的沙，还没来得及吐出嘴里混合了沙子的海水，又被一个浪砸进海里……等优希清醒过来的时候，已经倒在岸上，左右各有一个少年。

优希仔细端详起两个少年，内心稍有期待——他们也许是神的儿子或童话里的精灵。可他们剧烈起伏的背上根本没有翅膀，而且看起来是那样脆弱、无力。他们正一副惨样地吐着海水和泥沙，痛苦地喘着粗气。

优希忘记自己赤身裸体："你们是谁？"

小个子、娃娃脸的少年喘着气抬起头:"我叫长颈鹿。"

瘦高个的长发少年一边咳嗽一边抬起头:"我叫鼹鼠。你呢?你叫什么?"

优希没有马上回答,只是茫然地站起身。左腕的纱布松了,她觉得好痛,殷红的鲜血正在渗出。

"我没有名字。"优希看着纱布上正在扩散的那片鲜红喃喃自语,"因为我已经不是我……不是那个我了……我想活下去!"

第三章

一九九七年五月二十四日

1

优希照着镜子,反复确认自己的装扮。

今天她穿了一身红褐色的长裤套装。为了掩饰内心的不安与兴奋,她故意选这个颜色,希望至少外表看起来比较沉稳。不过,在到处是新绿的季节穿这种颜色,多少显得有些沉重和压抑。

今天的妆容也比平时化得浓。话虽如此,与大多数同龄女孩的外出妆容相比,也只能算淡妆,而且没有佩戴任何饰品。她原本就没有首饰。

香水是她的必需品。不仅是为了遮盖消毒水的味道,更因为她一直对自己的体味很在意,所以总是随身携带香水。今天选的是刚开封的玫瑰花香型香水。

用粉扑压了压鼻尖的汗,看了看手表:下午五点四十五分。

她忍不住用右手摸了摸自己的左腕。

藏在袖中的左腕已不再缠着纱布,曾经的伤疤也变淡,可她始终觉得伤口刚结痂,总是又刺又痒。

她在心里几十遍、几百遍地反复发问:他们为何要出现?

见到笙一郎之后,她害怕想起过去的梦魇,强行切断自己的感情,把全部精力投入到工作中去,还骗自己说,以前也一直见到笙一郎——如此才勉强保持住内心的平衡。

然而,当那个长得像梁平的人出现之后,她的内心骤然失衡。她变得心烦意乱。想忘记,梁平的存在感却在她脑海里越发膨胀;想拼命工作,转移注意力,却根本没法集中精神。她很犹豫,但还是想去确认一下——如果认错了人,便能如释重负;但如果真的是梁平……她决定不再胡思乱想,直接打电话找笙一郎帮忙。

几天后,笙一郎回复说:"果然是梁平!"

听到这个答案,她心里顿时像被掏空了。

她控制感情的内心开关处于关闭状态很久了。并非故意关掉,而是像电流超负荷后自动跳闸,过于沉重的现实早已压垮她内心连接感情的电路。

太多思绪在她心底,如浮浮沉沉的沙漠般暗涌、翻腾。

"必须见面,别无选择,我们仨。"

她无法拒绝笙一郎的提议。

是的,必须见面。明知梁平就在身边,却装作视而不见?她知道自己做不到。

但是,她真的好害怕。

如果只是和梁平见面,也许她还能控制住自己,因为有所欠缺——欠缺那股能够打破什么都不想、只是单纯地追忆过去的强大力量。那时候,一直是三个人。正因为三个人一直都在,所以有了那些日子……

优希反复做着深呼吸,看着镜中的自己,喃喃地翕动着嘴唇,但并没有发出声音——那时候,一直是三个人;那件事,是我们三个人一起干的……

她感到非常吃惊——想起那件事,自己居然如此镇定。

她试着轻声说出:"我们仨,干了那件事。"

话从口出,但心如止水。言语构成的意象遮蔽了一部分的意识。言语只是声音,所以"那件事"不过是一段义不明的混响。

没事的,她告诉自己,不会有事……

为了不打破此刻的状态,她离开洗手间时非常小心,刻意地保持现有状态,甚至尽量不让身体晃动,静静地穿过铺了地毯的酒店大堂,回到休息区。

川崎站东出口附近一家酒店的休息区内最多可以容纳十五个

人,相当于一间小咖啡厅。她到得比较早,坐在靠窗的椅子上。桌上放着一杯橙汁,杯中冰块已经开始融化,杯壁挂着一道道水迹。

窗外,可以看到下班高峰时段的堵车情形。

街上呈现出一片混沌,不仅因为今天是阴天。即使在隔着窗户的室内,也能感觉到屋外空气里的灰尘与汽车排出的尾气。一瞬间,她想起十七年前在灵峰巅峰闻过的清风的香气。

那是离天最近的地方。远方的乌云中划过没有雷声的闪电,自己的头顶却艳阳高照。

现在则恰恰相反。在碗底般的地方日复一日地艰难喘息,勉强过活,感觉已经走得太远、活得太久……

一想到这里,她赶紧闭上眼。再这样回想过去,她怕自己会忍不住说出声来。

今天是他们重逢的日子,也是十八年前三个人初次相遇的日子。他俩都说碰巧这天有空,其实如果想改在别的日子,打个电话就行。但大家都同意在这天见面。

时针指向六点,酒店的大门打开,两个男人并肩走了进来。肩膀的高度有差距,头发也一个长、一个短。

高个子、长头发的那位,一个多月以来,她在医院里见过几次;个子较矮、灰色西装遮不住发达肌肉、留着板寸发型的那位,已经十七年没见了。

她从椅子上站起身,迎上去。

两位男士走到优希面前停下脚步。她本想从他俩脸上找寻少年时的模样,却突然觉得不妥,赶紧关上心门。

"让你久等了。"穿着精致的藏青色西装的笙一郎向优希介绍一旁娃娃脸的男人,"这是梁平。"

优希盯着眼前的梁平,尽量不去回想他少年时的模样,说:

"好久不见。"

梁平也微微点头,声音有些沙哑:"好久不见。"

笙一郎看看优希,又看看梁平:"我们坐下聊吧?"

两位男士在自己的对面坐下后,她也跟着落座。

一阵沉默。

"我抽支烟,你们不介意吧?"为了打破略显尴尬的气氛,笙一郎掏出香烟,"十七年了,能像这样再见,真不容易。不过这地方似乎有点儿配不上十七年后的重逢嘛,档次太低了。"边说边把廉价的椅子摇出"嘎吱嘎吱"的声响。

优希和梁平同时苦笑,都没出声。

笙一郎点着烟继续说:"我的律师事务所在品川,梁平在横滨上班,你工作的医院在川崎。仿佛事先约好了,三点一线,你在中间,我在北,梁平在南……"吐了一口烟,笙一郎停顿了一下,看着优希,"所以在川崎见面最合适,只是没找到更好的地方。"

优希摇摇头说:"你们选这里,离医院最近,帮了我的大忙。真不好意思,让你们特地跑那么远来看我。"

"我没问题,因为事务所里新招了个年轻、优秀的律师。"笙一郎微笑着点点头说。

"我也没问题。"梁平也点头说道。

笙一郎指着梁平问优希:"你觉得这小子有变化吗?"

优希继续关着心门,盯着梁平说:"还是当年的模样。那天在医院里看到的时候,我真的大吃一惊……"

"我也是。"梁平说着,眯起眼睛看着优希,"一点儿没变,太吃惊了。"

优希被梁平看得有些心慌地说:"瞎说。"然后开玩笑,"你当时一定在想:怎么变成大妈了?女人总是敌不过岁月,男人却是年

第三章　一九九七年五月二十四日　135

纪越大越有魅力。做女人真可悲。"

笙一郎摇摇头说:"说什么呢?你明明更漂亮了。再次见到你的时候,真的眼前一亮。是吧,梁平?"

梁平点点头。

"好了,我自己心里明白,毕竟马上要三十岁了。"优希说。

"真的更漂亮了。"梁平认真地说。

优希一时语塞,不知该怎么接话。

"记得好像是哲学家克尔恺郭尔说过,"笙一郎立刻接过话茬,视线朝上,"'女人会随着年龄的增长而越发美丽'。另一位哲学家雅斯贝斯则补充道:'只有爱她的人才能发现这一点。'"

优希笑着说:"别说那些让人听了云里雾里的话,好不好?"

笙一郎哈哈大笑:"好,先点杯喝的吧。"

女服务员问优希要不要换别的饮品,结果三个人都点了咖啡。

"到底是当律师的。"优希佩服地说道,想掩饰自己的害羞,故意用揶揄的口气夸赞,"嘴巴真甜,而且张口就来,滔滔不绝。"

笙一郎点燃第三支烟:"要是没有我这卖力的表演,估计得冷场好几小时。"

"你比以前爱说话了。"

"我?"

"怎么说呢?以前,先开口的总是……"优希差点儿说出"长颈鹿"三个字,赶忙改口,"总是有泽先开口,然后你呢,会在对话的后半段抓住核心,冷静地进行陈述或说明。"

笙一郎抬头吐了一口烟:"以前是没有先发表意见的能力,总担心别人不接受自己的想法,所以不敢冲在前面。保持沉默、观察情况,算是一种自我防御。"

"所以现在你变得很了不起,不用防御了?"

"我现在这样也是一种自我防御。干我们这行的，不说话就没饭吃。摆出什么都懂的样子装腔作势，先声夺人，才能保护自己。"

服务员送来咖啡时，三个人都突然安静下来。服务员刚走，笙一郎就做出惊讶的表情："这儿的咖啡也太淡了吧！"说完，自己先笑了，然后换了一副认真的语气问优希："你们医院请假没问题吗？工作那么忙，今天来这里是不是让你为难了？"

优希一边把咖啡送到嘴边一边说："今天是白班，没问题。你才是吧？听说快召开股东大会了，忙得够呛。我弟弟聪志傻乎乎的，帮不上忙……"

"不尽早做好股东大会的方案，就没资格介入企业法。为了锻炼聪志的业务能力，我经常让他去参加研讨会。"

优希尚未告诉聪志，她和笙一郎早就认识。笙一郎也不想让聪志误以为自己是靠关系进入事务所的，赞同了优希的做法。

对优希而言，不告诉聪志，其实还有别的理由。如果聪志知道自己和笙一郎早就认识，一定会追问他们是在哪里认识的。关于优希住院的事，聪志只知道是因为哮喘。优希一直瞒着聪志关于双海医院以及后来的一切。

优希想换个话题，见梁平正在攥拳又松开，便问："你这当警察的，抽时间出来不容易吧？听说你是刑警？肯定很忙吧？"

梁平攥着拳头摇摇头："我没事，案件调查已经告一段落，没问题。"

"听小儿科的护士说，是你抓住了欺负淳一的坏人？"

"是我们头儿抓的。"也许是因为疲倦，梁平的语气很平淡，接着，抬起头问优希，"那孩子现在怎么样？"

优希点点头回答："儿童精神科的专家已经来过，同时使用心理辅导疗法和家庭疗法对他进行治疗，计划在外伤痊愈之后安排他转院。至少身边的人理解、支持他，那孩子自己也已经发泄出心里的一部分怨恨。总的来说，情况算是稳定了。这多亏了你。"

"那种病……这么容易治好？"梁平低着头说。

"也许吧，但是……"优希下意识地把右手放在左腕上，却突然觉得奇痒无比，于是赶紧移开右手。她深表佩服地说："你俩的工作都很了不起啊。"

笙一郎露出一丝苦笑："你才是。"

优希轻轻摇头："我完全比不了你们。我做的工作，是个人都能做。而且我做的算是轻松的那部分。"

梁平不赞同优希的说法："我那份工作才叫平凡无奇。"

笙一郎把烟头掐灭在烟灰缸里："不不不，你俩的工作都了不起。当然，虽说算不上什么特别的工作……但你在医院里的工作态度，我去医院看我妈妈的时候是亲眼见识过的。至于梁平，我还一无所知。但我确信，你俩都很努力，甚至可以说过分努力。"

优希没接话。梁平也端起咖啡没开口，但看起来是假装在喝。

笙一郎见气氛不对，赶紧拍了拍手："好不容易见个面，别一直在这种地方默不作声嘛。走！我们也去奢侈一回，俯视人间！"他提议去高级餐厅吃晚饭。

三个人打车来到附近繁华地段最高的大楼，笙一郎已在顶楼餐厅预定了包间。

电梯里，三个人一直在聊天，但具体说了什么，优希一句都没记住，只是随声附和。她害怕与他俩在一起的记忆喷涌而出，只能刻意地让言语流于意识的表面。

来到位于顶楼的高级日料店，氛围静谧的日式房间内，装饰在一角的紫色菖蒲花显得艳丽夺目。

优希忍不住凑上前，却没有闻到花香。视线一转，甚至忘了花是什么颜色。

笙一郎把窗户打开。川崎港夜景一览无遗。

"我们居然能来到这么高级的地方吃饭。"笙一郎有些自嘲地说道。这句话触动了优希,她觉得自己的感情即将爆发,赶紧把脸贴近窗口,以掩饰勉强压抑激动的神情。

远处工厂的烟囱里冒出赤红的火焰。

"为今天的再见干杯!"笙一郎举杯说道。三个人干了啤酒。

优希脱掉外套。好在穿着长袖衬衫,没有露出手腕的伤疤。

啤酒、日本酒、套餐等一道道地被端上桌,都是优希平时吃不到的高级料理,可她的舌头根本品不出任何美味。即使如此,她还是每次动筷都赞一句:"好吃!太好吃了!"

笙一郎为了活跃气氛,把他经手过的好笑的案子说给优希听。优希边笑边听,但脑子里没有留下任何记忆。

梁平的表情也随着酒精的摄入而变得丰富起来,对优希说了自己经手的有趣的案子。优希同样听过即忘,一句都没记住。

优希借口说要去洗手间,打算在确认自己足够冷静之后,向他俩发问——从双海医院出院后,你们过得怎么样?

她一直想知道又怕知道,但更怕不知道。

她希望听他们说——从出院到现在,即使算不上幸福,但至少不能说不幸。那样她就能释然。而且从他们现在的职业来看,应该不会过得太差,所以觉得问一下无妨。

优希调整好心绪,从洗手间回到包间,还没进去就听到从门缝传出梁平气愤的声音:"为什么法律对虐待儿童罪处罚得那么轻?"

笙一郎冷静地回答:"你是在犯罪现场逮捕罪犯的警察,这么说,对你而言也许有些遗憾。但我不得不坦率地告诉你,法律的本质不过是个人的好恶。"

优希停下脚步,选择暂时不进去。

"判决,说到底是根据法官的价值观而作出的。你再怎么愤慨都没用。"笙一郎依旧语气平静。

"如果遇到向来就轻判虐待儿童罪的法官呢?"梁平的声音开始尖锐起来。

"肯定会轻判。从某种意义上来说,所有的判决其实都是轻判。如果没有对孩子实施监禁,只是性暴力,加上是初犯,甚至有可能被判缓刑;如果是教师对学生的犯罪,还有可能出现免于起诉的情况——不过这取决于检察官。"

"就算身体受到的伤再轻,这种事也会影响孩子的一生!说什么小孩子很快就会忘记,所以可以不追究?"

"这与针对女性的性犯罪一样。女性受到的性侵犯可能会造成影响一生的伤害,但从刑法上来说,对这种犯罪的处罚一直以来都很轻。法律只问罪那些眼睛看得见的伤害。"

"这种法律还能叫公平?"梁平气呼呼地说。

笙一郎苦笑着说:"你反驳我没用。这么跟你说吧,法律这东西从某种意义上来说,是从加害者的立场和角度出发而制定的。"

"加害者?"

"或许也可以说是从大人的立场出发的。我指的不是精神上的大人,而是那些可以动用权力和暴力的大人。制定法律的时候,会考虑到受害者,却很少能站在受害者的立场上或从受害者的角度出发。这种现象当然不仅限于法律的制定,我觉得我们生活其中的这个社会本身,从其象征意义来说,就是从加害者的立场去看待、计划、构成的。"

"你一点儿都没变,满嘴大道理。我始终都是现场主义、物证第一主义。你说的什么象征意义,我听不懂。"

"简单来说，加害者的立场就是——我已经干了，你能拿我怎样？我已经道歉了，你就别唠叨个没完。快忘了这件事，好好过自己的日子。忘不了，那是你的问题。"

"那么受害者的立场呢？"

"很简单，当一回受害者就能明白。"

"难道一直以来都没人考虑过？"

"你以为呢？"

"照你这么说，一点儿办法都没有了？受到伤害的人气愤、委屈，但没人管？"

"你觉得法官判加害者多坐几年牢，受害者的伤就能痊愈？"

"问题的关键取决于如何对待伤害——受了多大的伤、被侮辱得有多深、发泄到什么程度才能解气……受害者在遇害时肯定脑子混乱，自己都弄不清楚。旁人则只会事不关己地说一句'忘了吧'。而罪犯呢？吃几年牢饭了事，还可能获判缓刑甚至免于起诉。但那是说忘就能忘的伤害吗？是可以不重判的轻罪吗？事实上，受害者会很痛苦，连正常呼吸都很艰难，每天都在受煎熬，幸福遥不可及，甚至会苦恼地怪自己不正常、是自己不好……这种痛苦，你应该很明白。对于那些无法发泄愤恨的孩子、那些自我责备的受害者，社会为他们做过什么？这才是问题的关键！家人和亲朋能否为他们出气，其实非常重要，但很多受害者的亲人都做不到这一点……所以首先发声的应该是这个社会！应该告诉受害者：你一点儿都没错！你可以更生气！受害者只有得到社会的认可，才有可能治愈内心的创伤，重新开始。你说是不是？"梁平的语气非常激烈。

笙一郎小声地叹了口气："这么说来，有必要重新考虑处罚的方式。"

"修改法律？"

"那倒不是。我指的是变换看问题的角度。如果从加害者立场出发的思维方式得不到改变，那么即使修改了法律，也只能是现有系统的延续。换言之，只是简单地加重处罚的力度，扩大适用的对象。就好比判决后对受害者说一句："给加害者多加两年刑期，这样总行了吧？你就忘了这事儿吧。"仅此而已。就像你说的，受害者及其家庭真正需要的是被拯救，获得重新站起来、走向新生活的力量。但这种拯救应该让加害者承担多大比例、以什么方式承担，还得具体考虑。"

"我不是很懂你说的那些，但真的有可能做到吗？就算能做到，受害者对加害者的愤怒会消失吗？"

"你希望你的父母怎么做？"

"这是两码事！"梁平压低声音，生气地说。

二人沉默了一小会儿。笙一郎轻咳一声，继续说："说到底，这不是专家能解决的问题。依照法官的个人好恶进行判决，说到底还是以一位普通市民的价值观为标准……只有整个社会看问题的角度转变为受害者一方，判决和处罚才可能有所改变。话虽如此，如果社会真的变成那个样子，也许就没有迄今为止经济发展的成果了。社会无视受害者的遭遇，于是在某种程度上获得了发展。如果社会真的变成以受害者角度思考，估计我的事务所就得关门了。没变成那个样子，我倒是可以吃穿不愁。"

听着笙一郎自嘲的笑声，优希很奇怪自己居然对他们的对话毫无反应。她觉得他们的对话肯定与过去的事有关，所以自己才会在心里筑起一道墙，把他们的对话内容拒之墙外，将他们的谈话当作茶余饭后的一般闲谈。如此一来，她就可以不用将自己置换进去进行思考。她必须在听觉与感情之间筑起这道厚墙。

"她怎么还不回来？是不是迷路了？"笙一郎向包间外看去，正好撞见优希的目光，"怎么了？站在那里干吗？"

优希走进包间："对不起，你们在讨论这么严肃的话题，怕打扰你们。"优希掩饰地笑着坐下，"听你们说了这么多，更觉得你们真的是大人了。"

"纸上谈兵而已。"笙一郎自嘲地笑了笑，朝优希举起酒杯，示意干杯。

优希一口干了杯子里的酒。她有生以来从没喝过这么多酒，却一点儿醉意都没有。

笙一郎对优希说："你才是大人了呢。"

优希觉得现在正是机会，于是问出了早就想问的问题："你们是怎么长大成人的？"

两个男人顿时满脸困惑。

优希虽然有些胆怯，但总觉得早晚都得问，鼓起勇气追问道："从双海医院出院后，你们各自回到自己的家里，之后发生了什么？长濑，你除了母亲的病情，别的都没跟我提过呢。"

"没什么可提的。"笙一郎又叼了一支烟。

"可是我想听，想知道你是如何奋斗才有今天的成绩，二十四岁就开了自己的律师事务所！"

"我只是不愿给别人打工。其实过程很艰辛，很长一段时间里，一天三顿只能站着吃荞麦面。"

"但我听聪志说，你现在已经是企业法方面的权威了。别贬低自己，我弟弟在你手下工作，你那么说，我会不舒服的。"

笙一郎苦笑着说："好吧，我是磕磕绊绊、好不容易混到今天这一步的。满意了？"

"出院以后去了哪儿？"

"和我妈妈一起在松山市的公寓里住过一段时间。没过多久，她就跑去男人那里不管我了。我不想被送去收容所之类的地方，所以送过报纸，洗过盘子，什么都做过。好不容易初中毕业，进了高中，觉得这样下去不是办法，意识到就算拼命学习考上大学，也只是浪费时间。像我这种没钱、没门路的人，能不能活下去都会有问题，所以干脆退学，一边打工一边孤注一掷地准备司法考试。可我当时根本不知道司法考试还有报名资格方面的要求，于是决定无论如何先拿到报名资格。通过了大学同等学历考试之后，又通过了司法考试。后来就是现在这样了。"

"吃了很多苦吧？"

笙一郎爽朗地笑了笑："一想起孩提时代遭的那些罪，反而觉得轻松呢！而且我有很强大的精神支柱。"

"精神支柱？"

笙一郎似乎在专心抽烟，没回答。

"你的精神支柱是什么？"优希又问一遍。

"说过的话。"笙一郎故作轻松地说。

"什么？"

"某人说过的话，应该说是某些人说过的话。他们的话就是我的精神支柱。"回答完优希的问题，笙一郎掐灭香烟，抿嘴笑着说，"你是不是期待我说'优希小姐的美丽模样是我的精神支柱'？"

"讨厌！"优希笑了，"你很早就来关东这边了吧？要是早点儿知道联系方式，应该能更早地重逢吧？"

笙一郎没有作答。

优希又问："你妈妈和你一起过来的吗？"

笙一郎刚把酒杯举到嘴边："她就像猫，总能闻到鱼腥味，在我打算动身来这边的前几天突然回了家。估计又是被男人甩了。她说松山没什么可留恋的，就和我一起来了关东。适应这边的生活没多久，又犯老毛病，找了个男人同居。被那男人甩了之后，我虽然见过她，但后来就没怎么联系……我的事务所开张的时候，还特地请她过去出席开业典礼。"

"你妈妈一定很高兴吧？"

"哪有！她还嫌弃地说：'脏兮兮的小事务所，不知天高地厚，很快就会倒闭的，不如趁早关门，投奔别的大事务所。'说完一大堆不堪入耳、挖苦我的话就走了。"

"她是担心你。"

"是嫉妒。她自己的人生一塌糊涂，一次次勾搭上的男人都是废物，还一次次地被甩，已是残花败柳，儿子却那么成功……她就是见不得我好嘛。"

"不会的，你这么说太过分了。"

笙一郎的嘴角浮现一丝凄凉的笑意："当时我和她大吵一架，之后再没联系，也再没管她。谁知有一天突然接到一个电话，过去一看，她已经是现在这副模样。我算是服了，真是……"笙一郎把空了的烟盒揉成一团，往烟灰缸旁一扔，然后站起身。

优希看着正一个人喝闷酒的梁平，本想问他出院后的情况，但心里觉得越来越难过，没问出口。

笙一郎从公文包里又掏出一盒烟，回到自己的座位："你也问问梁平呀。"

梁平抬起头，眼神有些可怕。

优希看着梁平的眼睛："听说你过继给你叔叔了？"

"是的。"

"过得还好吗？"

"我觉得他们对我不错。"梁平说完，干了一杯，更加没好气,"但因为我是那种人……"

"什么叫那种人?"

"我几乎不怎么和他们说话,每天都过得很没劲。想要什么东西的时候,连一句讨好的话都不会说。总之是个不讨人喜欢的孩子。作为过继给他们的孩子,把我养大了也没什么用,但他们供我读完了高中,不但没怎么训过我,还给了我很多照顾。从这一点来说,比我的亲生父母不知好了多少倍——虽然有血缘,但品性截然相反。像我这样的人居然能当警察,真要感谢我的养父母。"

"他们现在和你一起住吗?"

"他们留在香川县。"

"你常回去看他们吗?"

"没有。五年前回去过一次。盂兰盆节、元旦新年之类的节日,他们给我寄过信,但我一封都没回。我真的很不孝。他们应该对我彻底失望了。"

"你的亲生父母呢?完全没有联系?"

"也许在什么地方活着吧。"

"为什么要来神奈川县做警察?"

梁平端着酒杯的手停了一下,又马上一饮而尽:"只想离开养父母,去哪儿都行。偶然被这里录用了而已。"

"真是不可思议。高中毕业后,我们仨先后来到了神奈川。"

两个男人没开口。优希以为他们也觉得不可思议。

"我来这里是我大姨的建议。来这边之后没得过大病,但也没找到好工作,就这么活到现在。"优希说笑似的报告自己的情况。

"大家都辛苦了!"笙一郎给优希斟满酒,也给梁平满上,"不管怎么说,我们仨都还混得不错,对吧?"

"是啊。"优希微微点头。

梁平也举起酒杯。

后来他们又说了些无关紧要的闲话，谁都没提今天恰好是十八年前他们初次相遇的日子，也没提十七年前发生的那件事。

优希感觉时光发生了错乱，仿佛与他们是成年后才认识的。这种感觉反复地出现，一方面是酒精的作用，另一方面是她内心深处的渴望。

走出料理店，三个人登上了顶楼的瞭望台，并排站在玻璃窗前，俯瞰脚下的世界。

灯火辉煌的川崎市区、机器轰鸣的工厂地带、被夹在中间的多摩川，还有东京的大田、品川一带住宅区的万家灯火以及在东京湾航行的游船灯光……都尽收眼底。他们还看到一架从羽田机场起飞的飞机，机翼两端闪烁着的指示灯划破夜空。

很难想象在那些无机质的灯火里，有多少人正在顽强地活着！

但可以肯定的是，在那一盏盏灯光下，有着远多于灯火数量的情感或伤感正在交会。人们彼此欢笑、互相安慰或鼓励。当然，有些人会为了自己的生存与发展，或出于病态的冲动，对别人施以践踏、伤害、虐待甚至杀戮。

优希的眼睛里突然噙满泪水。她赶紧垂下双眼，不再注视城中的灯光。

笙一郎苦笑道："重逢，原来是这样的啊。"

"是啊……"梁平低声回应。

优希转过身看着他俩："你们期待的重逢是不是更具有戏剧性？比如抱头痛哭、哇哇大叫？"

男人们温柔地笑了。

优希故意用开玩笑的语气提议："就让我们拥抱一下吧！"

两个男人面露难色。

优希突然有点儿不敢正视他们,干脆直接从正面扑向二人,右手搂住笙一郎,左手勾住梁平,将他们紧紧抱住!

优希以前从未如此有意识地和他人、和男人这样拥抱过。

她感受到男人的体温,冰冻的感情在接触中渐渐融化,融化后的感情像一汪清水涌至喉咙,直往上冲。

优希趁二人不注意,咬紧嘴唇,把涌上来的清水强忍下去。

又见面了!重逢了!真的太好了!你们都活下来了!真的太棒了!你们实际经历的一定比你们自己所说的艰难许多。了不起!你们都太了不起了!

优希很想把这些话都说出来,但刚张嘴,言语就变成了泪水,哽咽在喉头。

当初真不该下山,是我对不起你们!让你们留下那么痛苦的记忆,对不起!

优希情不自禁地抓紧他们的上衣,意识到自己发出了抽泣声,赶紧屏住呼吸。

笙一郎和梁平静静地安抚着优希的背。掌心的温热传到优希的身上,让她觉得越来越热,甚至有一种快被灼伤的感觉。

他们也在调整自己的情绪。

"哟,是玫瑰花的香味嘛。"笙一郎小声说道。

"还掺着消毒水的味道。"梁平轻声附和。

笙一郎笑着说:"还带着酒臭味儿呢。"

梁平说:"但是,很好闻。"

笙一郎也说:"是啊,很好闻。"

优希把脸紧紧地靠在有身高差的两个男人的肩上:"傻瓜!"

眼泪终于夺眶而出。

2

因为第二天一早还要上班，过了十一点，优希就与笙一郎和梁平告别，在川崎站上了电车。

出了武藏小杉站向前走，穿过昏暗的住宅区朝家走时，优希反复调整自己的呼吸。

和笙一郎、梁平见面后，她知道大家都挺了过来，总算活到了今天。随着时间的流逝，之前的紧张感已经消失，过去的记忆和情感即将重新浮现。三个人一起做的"那件事"也似乎马上就要清晰地再现于眼前。

优希站在家门口，用手按住自己的胸口，屏住呼吸，想把浮现于脑海的过去的影像用力压下去。她反复对自己说，什么都不要去感觉，什么都不要去回想。

记忆却如汹涌的洪水，从意识堤坝的每一道细缝中渗透出来。她仿佛仍然闻得到那两个男人的气味，依然感觉得到他们掌心的温热。记忆中原本几乎无法辨识的模糊影像，此刻从心灵深处以各种色彩喷涌而出，构成斑驳的模样。十七年前发生在山上的情形仿佛下一秒即将跃入视野。

就在这时，家门打开，母亲志穗从里面探出头。优希宛如从梦中惊醒，眨了眨眼，险些被唤醒的记忆瞬间消散。

取而代之的是对眼前穿着旧睡衣、披着藏青色对襟毛衣、头发蓬乱的母亲的罪恶感。同时，揪心的怜悯之情涌上优希的心头。

然而，志穗眯起眼睛看清了是优希，只说："哦，是优希啊。"

听这口气，优希一下子明白，母亲根本不是在等待自己，而是在等待聪志。优希的心凉了半截："是我。让您失望了，是我不好。"优希把脸扭向一旁，挤着志穗走进家门。

志穗担心地问道:"聪志怎么还不回来?"

优希一边脱鞋一边说:"跟您说过多少次,聪志已经不是小孩子,不要过分干涉他的自由。"

"他朋友来过电话。"

"有要紧事吗?"

志穗锁上门:"那姑娘哭得可伤心了。"

"女孩?又弄哭一个?玩了一个又一个,这种人就是负心汉。"

"别这么说你弟弟好不好?"

优希一边摆好鞋子一边说:"您还在这儿等他干吗?等他回来打他的屁股?"

"你……喝酒了?"志穗皱着眉头问。

优希忍不住发火:"喝了又怎样?跟您说过今天会晚回来!"

"我以为你是加班。"

"偶尔出去放松一下不行吗?"

"干吗这么凶?"

"因为您总是怪我。"

"你的声音这么大,我头都疼了。"志穗说着,按压着太阳穴。

"总是什么都怪我!" 优希不想和母亲再说下去,转身朝楼梯口走去。

"我也想喘口气呀!"志穗无可奈何地叹息。

优希猛地回头对着志穗:"那您去喘啊,谁让您憋着气过日子了?不是一直叫您找个兴趣爱好吗?出去交朋友、唱唱歌、跳跳舞,都行啊。"

"那些有什么意思嘛?"

"不试试怎么知道没意思!"

"我就是知道。"

"那您觉得什么有意思？您想做什么？旅游？泡温泉？去就是了。钱的方面不用太担心。您出去几天不在家，聪志能照顾好自己。"

志穗重重地叹了口气："我不想去旅行，不想勉强自己和谁来往，也没想过要开始做什么。"

"是您自己说想喘口气。"

"我说说而已。"

优希觉得多说无益，不想听母亲的责备，抬脚要上楼。

"先别急着上楼，"志穗疲惫地说，"你已经出去玩过了，现在给我倒杯茶嘛。"

优希本想说：想喝自己去倒！但话到嘴边又咽了回去。

看着走回自己房间、弯腰驼背的母亲，优希的心头隐隐作痛。她把包放在楼梯上，脱下外套放在包上，走进志穗的房间。

志穗坐在矮桌前，一边把开水倒进茶壶一边头也不抬地对优希说："去拿一下你自己的杯子。"

优希有些内疚，没有拒绝，听话地去厨房拿来自己的杯子。家里现在还用着十七年前买的碗橱，原本白色的橱壁早已发黑，玻璃门上的顽固油垢再也擦不掉。

"这个碗橱该换了，旧得没法用了。"

"别那么浪费。"志穗冷冷地说。

十七年前，从双海儿童综合医院出院后，优希一家听从住在镰仓的志穗姐姐的提议，搬到了神奈川县。志穗的姐夫在建筑公司工作，经他介绍，志穗用较便宜的价格买下了这栋别人住了八年的二手房。当时，优希的父亲刚去世，拿到的保险金不仅足以支付买房的费用，还够他们添置一套新家具。加上亲戚的资助，日子还算过得去。后来志穗有了工作。保险金快用完的时候，优希上了高中，

第三章　一九九七年五月二十四日

开始打工，负担家用。

之后，志穗的身体不行了，全家的生活都靠优希的工资维持。现在聪志开始工作了，经济上宽裕了很多，所以优希劝志穗换一套家具。但志穗总说现在的还能用，坚决不同意。

优希拿了自己的茶杯回到志穗的房间。志穗靠着一折三叠、盖了多年的旧被子坐着，打开茶壶盖，闻了闻刚沏好的茶，开口问优希："跟谁一起喝酒？"

优希在母亲斜对面坐下说："朋友。"

"男的？"

"有关系吗？"优希的语气很冲。

志穗认识少年时代的笙一郎和梁平，但优希不想让志穗知道自己与他们的重逢。

"医院的？"志穗追问。

"妈……"

"你以前从没这么晚回来过，还醉醺醺的。"

"谁说的？医院的新年会、同事结婚……喝过很多次。"

"那也是不到九点就回家了。不回家也会去医院，到了医院会打电话给我，还会为了醒酒值夜班给自己打点滴……"志穗往两只茶杯里斟上茶，把优希的茶杯推到她面前，"如果真的是一般朋友倒也算了……我这儿的照片，你还是看看吧。"

优希明白母亲说要给她看照片的意思："我不是说过了吗？我不去相亲！"

"如果你想让我喘口气，就看看那照片，再去见见面。总放在我这里也不是个事儿啊。"

见志穗要往外拿照片，优希赶紧制止："够了！我真生气了！"

今天比以前任何一次喝得都多，再加上刚和笙一郎、梁平见过面，一点儿小事都能刺激到优希："要是我真的嫁出去了，妈，你要怎么活？聪志现在的工资很少，您不会指望他结婚以后还和您一起过吧？像您这么麻烦的婆婆、这么小的家，有哪个女孩会愿意嫁过来？没有我，您一个人怎么过？"

志穗没有马上回答，啜了一口茶，小声嘟哝道："总会有办法。"

"有办法？有什么办法？"优希反问。

志穗看着捧在手里的茶杯："等你俩都成了家，我就算完成任务了。剩下我一个人，总会有办法。"

"您能有什么办法？"优希心里的气愤、悲哀、罪恶感复杂地混合在一起，几乎是在叫喊，"干什么不要钱？要是生了重病怎么办？您现在的身体有多糟，您自己不知道？医院里病人的惨状我见得多了。完成任务？得了吧！您的人生刚开始，以后别再说这种没意思的话！"说到最后，已经变成"教训"母亲的语气。

志穗温和地笑着说："你担心过头了。人生刚开始？这句话应该对你自己说。我说完成任务，也许用词不当，但我这个岁数，怎么都不可能再度开花的，是吧？"

"没什么不可能，您的老想法该改一改了。年纪大了，思想应该更成熟，更懂得什么才是自己真正想要的人生。您的人生观必须改变……"

"别教训我了行不行？"

"这算教训？"

"你要是真想让我好好活下去，就赶紧给我结婚！"

"我结不结婚和您有什么关系？这是我自己的事！"

"为什么你不懂我的苦心啊？"

优希看着母亲快要哭出来的样子，又一次控制不住自己："是您不懂我的心！最不懂我的是我的亲生母亲！"她语气粗暴地说。

志穗低下头，痛苦地直摇头："聪志的事，应该不会太难。进了那么好的事务所，他自己也打算好好干。虽然有些轻浮，但男孩子嘛，晚点儿结婚没什么，可你是女孩子，年纪大了，就不好生孩子了。"

"我根本不打算生孩子！"

志穗抬起头："为什么？"

"没有为什么，就是不要！绝对不要！"

优希把脸扭到一边，眼角瞥见志穗的眼神，那眼神让她感到火烧般的痛苦。她觉得与其避开，不如正视，于是转过脸正对着志穗："我不可能养大孩子！所以不会和任何人结婚！也不会建立什么家庭！这句话已经说了不知多少遍！"

"你就不想生活幸福、让我安心吗？"

"结婚就能幸福？我觉得一个人才幸福，有工作才幸福。对很多女人来说，也许结婚生子就是幸福，但我和她们不一样。人和人是不一样的！"

"你没有什么不一样。你和大家都一样。你也应该像别人那样组建家庭，得到幸福。"

"够了！别说了！"优希打断母亲。

志穗却继续说："你是个好孩子，你和别人都一样，没什么两样。你得有自信。"

"这和自信有什么关系？够了！"

志穗沉默片刻："对不起。"声音轻得几乎听不见。

优希听到这句话，感觉全身冒火："为什么要道歉？不结婚、不生孩子是我的自由、我的人生。不需要您道歉！"她再也忍不住，噌地站起身。她有些头晕，觉得可能是酒劲，可能是一下子起身太猛,也可能是与志穗的交谈让她太过激动。

"优希!"志穗叫道。

"不想听!"优希捂住耳朵闭上眼睛,觉得天旋地转,想吐。

她想快点儿离开这个自己总是被责怪的地方。她抬腿要走,却觉得头晕得更厉害,眼前好像有各种颜色的斑驳影像在飞速旋转。

浮在表面的是红黄蓝,此刻正沉入茶褐色之中,黑色背景的深处有一个白色的发光体正闪着耀眼的光芒。

不一会儿,蓝色和红色不断起伏,形成气泡的模样并开始膨胀,最终变成刚刚见过的笙一郎和梁平。

记忆的奔流终于冲垮意识的堤坝。

笙一郎和梁平瞬间变成了十二岁时的模样。他们抓着黑色的、粗麻绳似的东西吊在半空中。不,不是麻绳,是铁索!深色背景的断崖此刻也鲜明地浮现出来。

梁平在上,笙一郎在下,正抓着铁索向上攀爬。他们抬头笑着对优希喊道——别松劲!爬上去!你想得到救赎!——那喊声仿佛就在优希耳边。

但与此同时,"优希……优希……"从很远的地方传来志穗的叫声。优希被乳白色的雾气包围。她也变回十二岁,身穿白色运动服和露营外套,脚上穿着运动鞋。透过浓雾,可以看见附近的森林,脚下不断地有小石子滚下山谷。十二岁的笙一郎和梁平的脚在流动的浓雾中时隐时现。

前方的浓雾中,隐约可见"注意落石"的告示牌,旁边还站着一个男人……

"我什么都不知道!什么都不记得!"优希大叫,极力想把这些影像压回去。但记忆已经泛滥,冲走了优希的叫声,顽固地再现着当年的情形。

仍是十二岁的优希。

两个少年从优希后方稍远处走来,刚走近,却又向两侧退去,消失在浓雾之中。浓雾中沙沙作响,似有细沙的质感。

一个穿着褐色夹克、背着双肩包的男人的背影出现在浓雾中,正小心翼翼地探步前行。

"不去就好了,我干吗非要去那家医院……"

小心翼翼前行的男人正缓缓地沉入白色浓雾之中。两个少年的脚步声慢慢靠近那个男人。悲鸣响起,山石滚落,坠入谷底的声响……记忆的影像消失在黑暗中。

"没去那家医院就好了,就不会去爬山、也不会见到他俩……更不会弄死他。"

"优希!醒醒!快醒醒!"母亲的声音还是感觉那么遥远。

"要是我能忍住,大家就可以幸福地生活下去……但能怪我吗?……怪我!都怪我想活下去。"

捂着耳朵的双手被强行拉开,脸上挨了一巴掌——优希这才睁开眼,看清面前站着的母亲。

优希一脸困惑地看着头发不再乌黑亮丽、脸蛋不再年轻漂亮、一头花白短发、完全没有化妆的志穗。

志穗极度不安地看着优希,眼中充满疑惑。

优希惊恐万分,推开志穗抱着自己肩膀的手,逃出了房间。

却看见父亲雄作正紧锁眉头地站在台阶处。

"爸……"优希赶紧捂住嘴,感觉喘不上来气,又是一阵晕眩。她闭上眼睛,忍住恶心,从指缝里挤出几个字:"原谅我……"

"姐姐!"

优希感到手腕被人抓住,身体被剧烈摇晃。定睛一看,才发现是和父亲长得很像的弟弟聪志。

"你没事吧？"聪志问道。

优希不知如何作答，默默地抽回自己的手。

聪志表情僵硬："怎么回事？你刚才说的是什么意思？我问你！在那家医院里到底发生过什么？"聪志似乎回来有一会儿了。

优希根本不记得自己刚才说过什么。

"你以前去四国住院不是因为哮喘？"聪志的眼神咄咄逼人。

"别用这种眼神看我！"优希泣不成声。她推开聪志跑到门口，打算穿鞋。

"优希！"志穗在身后叫道。

优希头也不回地跑出家门，但没跑几步就被追上来的聪志一把抓住手腕："等一等！"

"放手！"优希想甩开聪志。

但聪志紧抓住不放："我早就觉得我们家里有秘密。你们一直都瞒着我！"

"什么秘密？别胡说！"优希厉声说道。

聪志不甘示弱："别再隐瞒了！你刚才说的那些是什么意思？"

"我不知道。我不记得我说过什么！"

"你去的到底是什么医院？你根本没有哮喘！我知道！你从没犯过哮喘！那家医院叫什么？把谁弄死了？"

优希惊得目瞪口呆。

"是……爸爸？"

"不是……"优希声音嘶哑。

"你们一直说爸爸死于事故，说是在你出院的登山纪念活动中，因为大雾，看不清路，一脚踩空掉下山。真的是这样吗？"

"别说了！求你了！"

"你能理解我的心情吗？生活在谎言中是什么滋味？我全身都

被谎言包围！"

"不！你很好！你是好孩子！"

"别再糊弄我了！"

"怪我不好！全身沾满谎言、没有任何存在价值的人是我！"

优希用尽全力，以整个身体撞向聪志。聪志因为这突然的一撞，重重地摔在地上，脚也崴了，一个劲儿地冲着跑远的姐姐喊疼。

记忆再次涌上脑海，有乱石滚下悬崖的声音，还有谁在叫喊："掉下去了！"

不知道，我什么都不记得——优希使劲摇头，穿过住宅区，跑到马路上。她真想一头撞向飞驰的汽车。晃眼的远光灯将所有情景照得烟消云散。

不知何时，眼前变成野草丛生的河滩，哗哗的流水声近在耳边，空气中充满潮湿的野草味。

是多摩川。怎么跑到这里来了？也许是下意识地想躲开人群，远离灯光，所以跑来了河边——优希边想边向前走了几步。

对岸工厂的灯光倒映在河里，摇曳着。因为是河边的绿地，所以近处没有路灯，但包括优希在内，周围的地形等所有轮廓都能勉强看清。优希回头看去，见身后的堤坝上有一条窄窄的自行车道，稀稀落落的路灯发出光亮。

优希在岸边蹲下。好累，太累了……优希双手捂住脸，真想放声大哭一场。

为什么？为什么要把这么痛苦的回忆藏在心底苟且偷生？稍微想一下就会害怕得要命。每天战战兢兢，像在万丈悬崖上走钢丝。这样活下去有什么意思？不敢有自己的感情、自己的意识，浑浑噩噩地过了一天又一天。这样活下去有什么意义？

凡事都竭尽全力去做，力所不及的也拼命去做，可得到了什么？什么都没有。生活的乐趣、生命的意义，全都没有。

曾经做过那么可怕的事，为何还要渴望活下去……

全是我的错吗？妈妈！回答我！

从今以后，我的创伤、痛苦、悔恨和愤怒得不到任何人的补偿。只能这么活下去吗？没有人会原谅我，独自背负着沉重的罪孽，只能这么活下去吗？

优希侧耳倾听，希望有人能回答。

然而，她听到的只有潺潺的水声。

3

和梁平把优希送到川崎站的时候，笙一郎本想送优希回家，但犹豫了一下，还是没说出口。因为他觉得如果要送优希回家，理所当然由梁平去送更合适，可梁平保持沉默。优希一个人进了站。

笙一郎约梁平再找个地方喝一会儿，梁平摇头说："还喝？"笙一郎没再勉强，毕竟他自己也很累了。

和梁平分开后，笙一郎拦下一辆出租车。虽然离家很远，但考虑到这个时间段的电车里会有很多醉汉，而他特别讨厌和那些人挤在一起，所以宁愿多花点儿车钱。

在公寓前下了车，他抬头看着自家的窗户，灯亮着。

其实屋里没人，这是他的习惯。他不敢一个人进入漆黑的屋子。一走进漆黑、狭小的空间，他会身体僵硬，呼吸困难，心跳加速，甚至感到死亡的恐惧。所以一直以来，只要知道自己会晚归，他就会在出门时打开一盏灯。这阵子特别忙，他干脆一直开着灯，及时更换灯泡，以防烧坏。

小时候，母亲经常一个多月不回家，即使回家，也最多只待一两天。那时候的笙一郎独自待在因为没有及时缴纳水电费而停水停电的狭小屋子里，双手抱膝，度过了许多个不眠之夜。因为常做噩梦，实在太害怕，他都不敢待在家里，有时候甚至会跑去公厕睡觉，结果被大人发现，骂着赶出来。

母亲给他的生活费非常少。身无分文、一个人躺在充满恶臭的黑暗屋子里差点儿饿死的痛苦记忆至今还在折磨着他。即使到了现在，他也常常在快睡着的时候突然想起当时的情形，又惊又怕地从床上跳起来。

笙一郎走进公寓，没有坐电梯。他总是害怕电梯出故障停在半空，特别是夜里回来的时候，他从来不一个人坐电梯。他一边顺着楼梯向上走，一边想着优希和梁平。

他回想着三个人重逢时的每一句话、每一个表情，还想象着三个人分开之后的事。

说不定他俩已经交换过眼神，现在正你侬我侬——笙一郎知道这种想法很龌龊，但优希和梁平拥抱在一起的画面总是在他眼前晃动，挥之不去。

没办法，真到了那一天，也无可奈何——笙一郎在心里反复对自己说。他觉得如果直接回家，这个龌龊的想法一定会更加膨胀，于是转身下楼走出了公寓。

他拦下一辆出租车，来到繁华的闹市区。看着行人兴高采烈的样子，他更加控制不住自己，于是又拦下一辆出租车："去川崎的多摩樱医院。"他并不奢望见到优希，但此刻他实在想不出去哪里更好。

他从夜间通道的入口走进医院，依然避开电梯，走楼梯。在走廊处窥视着八楼的老年科病房护士值班室，发现没人，猜想也许都去巡房了，就轻手轻脚地来到自己母亲的病房。

这里是阿尔茨海默病患者的病房，门口装有风琴式的折叠门。因为拉开门的时候会发出声响，所以笙一郎选择跨过半身高的折叠门进入病房。

他闻到一股独特的臭味。应该都已经换过尿布，所以不是排泄物的臭味，而是正在衰竭的肉体内部散发出的气味。然而这气味至少证明人还活着。笙一郎把母亲接到自己公寓里住的那段日子里，经常闻到这股气味。

笙一郎走在呼噜声与磨牙声交响的病房里，来到最靠里面的病床前，轻轻拉开隔帘，看到光线微弱的床头灯正亮着。

躺着的这位患者似乎也怕黑。笙一郎觉得很讽刺，因为他的怕黑正是眼前这个患者曾经的放荡生活所造成的。

笙一郎拉过床头柜边的小圆凳坐下，凝视着熟睡的母亲麻里子。她穿着粉色的分体式病号服，盖着初夏款的薄被，双手双脚都露在被子外面，嘴里发出"嗯啊""哈啊"的奇怪呼噜声。

五十一岁不算老，加上本来就长得漂亮，皮肤又好，看起来更显年轻。

麻里子住院前也曾头脑清醒过。当她觉得控制不了自己的行为时，曾经很是懊恼，还猛揪自己的头发大喊大叫。那副苦闷的模样，谁见了都会觉得难受。

现在，经过一段时间的治疗和看护，也许是因为病情进一步加重，那种紧张和苦闷的表情已经基本不见了，脾气也变得温和许多，有时还会给人以天真无邪的感觉。对此，作为儿子的笙一郎觉得既安心又难受。

看着熟睡的麻里子，笙一郎喃喃地说："加油啊！"

他没想到母亲会变成现在这副模样。笙一郎一直相信，总有一天，他会得到母亲的肯定。他觉得母亲其实早已认可自己，只是放不下面子、嫉妒和自尊心，才嘴硬地说了那么多不中听的话。

笙一郎一直期待，等将来母亲被男人甩了、又没工作的时候，肯定还是会来投靠自己并道歉："是妈妈不对，原谅我吧！"还会夸奖他："你真了不起！干得真棒！你是个好孩子，真有出息！"笙一郎始终在等待这一天。

然而，母亲已经不可能恢复到正常的状态。

虽然优希经常安慰笙一郎，说还有恢复的可能，但主治医生说，即使对阿尔茨海默病的研究已经有了一定的进展，但目前还是没能找到病因，也没有特别有效的根治方法。母亲是以接受ACh（乙酰胆碱）类药物、抗炎症药剂等试验性药物治疗为条件而得以住院的，但笙一郎在医学书上看到过，现在的药物治疗只停留在对症疗法，无法阻止大脑的进一步萎缩。

笙一郎看着母亲露在被子外的手，发现她手上的淤青基本消失。

刚把她接到自己的公寓那阵子，她总是满屋子乱跑，还曾把空水壶放在煤气灶上干烧，引发了一起小火灾。笙一郎没办法，只能在出门的时候把她绑在床脚或桌脚。

笙一郎跑过很多家医院，对于已经出现重度症状的阿尔茨海默病患者，所有人都说没法治，根本不肯收。有人劝他送去老人院，但笙一郎的母亲才五十一岁，老人院或介护中心都以"不能把五十一岁的女性当作老人来照顾"为由，拒绝接收。倒是有精神病院同意收下，但条件是每天下午五点起，把病人绑在床上。

笙一郎是实在没办法了才去拜托优希的。托优希的福，母亲现在已经不再到处乱跑，也不用强制，自己就能保持安静。

可是，真的该找优希帮忙吗？

在医院与优希重逢时，笙一郎内心的羞耻多于欢喜。母亲住院后，他感到安心的同时，还觉得优希很照顾他们母子。这种感觉让他非常地自我陶醉。

他总是找借口来看母亲，因为这样就能见到优希，向她汇报聪志的工作情况以及自己这些年来取得的成就。每次听到优希夸他，他都会高兴得热血沸腾。

十七年前，他们仨各奔东西，笙一郎一直觉得心里有一种空虚感，总觉得缺了什么。这次母亲生病，对他而言是个很大的打击。痴呆，从某种意义上来说就是"丧失"，但优希填补了他的缺憾。

不过笙一郎确信，他和优希两个人的时间不会太长，只要梁平出现，优希就不再属于自己。见到优希、感到欢喜的日子总是伴随着对失去的恐惧。

不出所料，梁平出现了。当优希打电话说见到一名警察长得很像梁平时，他顿时觉得难受得不得了，甚至跑去洗手间呕吐。

有资格得到优希的是梁平。笙一郎除了放弃，别无选择。

是笙一郎联系梁平、劝说优希见面的，但其实他的心境宛如目睹好不容易堆起来的沙堡毁在了自己手里。不过这么做可以让他平静、安帖，否则每天都会担心沙堡坍塌，诚惶诚恐，直至崩溃。

然而现在，笙一郎却后悔不该三个人见面。

要说不该，其实从一开始就不该找优希帮忙。得到优希的关照、受到优希的赞美，拥有过那样的幸福之后却不得不接受她将离开自己的现实，这种得而复失的痛苦远超他的想象。

笙一郎看着熟睡的母亲："妈，至少您得好起来！我有的是钱。您要好起来，去找男人、去玩都行……"

他觉得口渴，拿起床头柜上的壶型塑料水杯一口气喝完。回头一看，麻里子突然睁开了眼。

"啊，把您吵醒了？"

麻里子睡眼惺忪地看了笙一郎一眼，蠕动着薄薄的嘴唇，声音沙哑地说道:"水……"

笙一郎看了一眼水杯:"都被我喝完了。"

"水……"麻里子又说一遍。

"您真想喝?那我去倒水。"

"水!"麻里子噘起嘴再说一遍。

"知道了,我现在去,您等一下哦。"笙一郎安慰母亲,拿起水杯走到隔帘外。幸好没吵到别的病人。

他跨过风琴式的折叠门来到走廊上,听见护士们正在别的病房里安慰患者的声音。他到盥洗室接了一杯水,往回走到一半,又担心母亲喝了这种水也许会拉肚子,于是把杯子里的水倒掉,跑到医院大厅的饮水机边。听到有人走动,他赶紧躲起来。一位住院的老人夜里出来乱跑,正站在电梯前,很快被身后跑来的护士拉了回去。

笙一郎在大厅里呆呆地坐了一会儿,心想自己到底来这里干吗?为何要像做坏事一样躲起来?

深更半夜来探病,这确实有点儿奇怪,但既然是来看望母亲,干吗怕被人看见?

但他就是不想被人看到,讨厌被别人当成爱着母亲的孝子。

事实上,他一直憎恨自己的母亲,不能原谅她……

母亲在笙一郎还不懂事的时候经常把他一个人扔在家里,自己跑去和男人鬼混。有一次,要不是邻居家的太太闻到笙一郎家里臭气熏天,赶紧报了警,笙一郎差点儿独自在屋里饿死。那一次,女警官和政府的保健人员严肃地询问笙一郎关于母亲的事。

"这算什么母亲?太过分了!"

察觉到母亲被人责备,笙一郎很害怕,拼命地维护母亲:"是我不好!是我不好!你们不要怪我妈妈……"

后来笙一郎被送去医院,母亲到了医院还很生气地骂他:"你怎么搞的？不是给你钱了吗？"然后转身对警察满脸堆笑地说，"我们家孩子给你们添麻烦了。"事后她丝毫没有悔改，继续每次给笙一郎留一点点钱，自己跑去外面找男人。

自己干吗要为这种母亲跑腿倒水？还担心她喝了生水会闹肚子，特地跑来大厅的饮水机旁为她倒净水？想到这里，笙一郎气得手直抖，差点捏碎塑料杯。

他深深地叹了一口气，摇摇头，把水杯装满后回到病房。刚进病房，他听见母亲邻床的病人正打呼，还说梦话："不指望……不指望能这样……"

笙一郎走到母亲床边，见她闭着眼，以为又睡着了。他坐到椅子上，母亲却突然睁开眼，呆呆地盯着天花板。

"水来了。"笙一郎把水杯送到她嘴边。

麻里子表情呆滞，一把推开："不要！"

笙一郎压低声音说："怎么了？特地给您倒来的。"

"我不要水，"麻里子把脸扭过去嘟哝着，"我饿了。"

笙一郎叹了口气："您别闹，现在是半夜。"

"我饿了！想吃东西！"麻里子大声说道。

"小声点儿！别把别人吵醒了。"笙一郎劝说。

麻里子不知哪来的力气，抬起头大叫："畜生！快给我吃饭！"

笙一郎连忙捂住她的嘴。

麻里子无力地摇头。笙一郎把她的嘴和鼻子全捂住，手心被她呼出的气弄湿。

麻里子瞪大眼睛，浑浊的眼珠像古旧的玻璃球。

笙一郎害怕看到这双眼睛，恨不得马上逃跑，结果把母亲的口鼻捂得更紧。麻里子闭上眼睛，没力气再反抗，头也渐渐瘫软，沉了下去。笙一郎觉得自己正在被母亲拽着一起沉入黑暗，但这种感觉反而让他感到自己的身体好像变轻。

"就盼着这个……一直都盼着这个呢……"邻床的病人又在喃喃地说着梦话。

笙一郎突然恢复了意识，赶紧松开捂住母亲的手，转身去看邻床的病人。邻床也拉着隔帘，一点声音都没有。笙一郎壮胆来到那位病人跟前，只见床上躺着一位瘦弱的老人，脑袋下面枕着一只鞋，此刻正闭着眼睛睡得很香。笙一郎拉好隔帘回到母亲床边。

麻里子紧闭双眼。笙一郎惴惴不安地叫了声："妈……"但没有听到应答。麻里子依然紧闭双眼。

"妈！"笙一郎更大声地叫了一声。他担心出事，这不仅关乎他辛苦奋斗得来的地位与财产，还关乎更深一层的、他自己的存在本身。巨大的恐惧顿时包围住他。

仅存的一点理性让他把手放在了呼叫铃上，正要按下去的一瞬间，手腕却被什么碰了一下。

麻里子伸出纤细瘦弱的手，颤抖着抓住笙一郎的手腕。她用清醒的眼神直直地注视着笙一郎。

几个月前的母亲，因为病情严重，眼神要么虚弱失焦，要么在发病时兴奋狂躁，总之都不正常。但此刻，笙一郎看到的分明是一双正常、清醒的眼神。

他觉得母亲的眼神并非想要诉说什么，而是在告诉他，无论他做什么，她都全部接受，对笙一郎的任何行为都会给予温柔的肯定……笙一郎的手离开呼叫铃。麻里子也放开笙一郎的手，无力地闭上眼睛。她白皙的皮肤看似变得通透起来。笙一郎觉得自己被母亲接受了，她把生命交给了自己，只要自己稍微用点儿力，一切就会结束。

笙一郎一直在苦苦追寻着什么、一直在渴望成为一个了不起的人，拥有名誉、金钱、大众的称赞……他想得到这一切并在人前炫耀。他不想做一个在这个世界上有他没他都无所谓的人，而要做一个被尊敬的人并引以为豪，所以他一直拼命努力，甚至觉得连睡觉都是在浪费时间。

一切的努力，其实都是为了得到母亲的认可。笙一郎闭上眼，母亲昔日的身影浮现在眼前。年轻的母亲，那时还不到三十岁，浑身上下散发着青春的气息，却一次又一次丢下年幼的他，跑去找男人鬼混。但她也是没办法吧？毕竟她那么年轻，又漂亮……

当年那样不负责任的母亲，现在把自己的一切都交给了笙一郎。如今的她哪里都去不了，也不可能找男人了。从此往后，她将永远只属于笙一郎。

笙一郎下意识地伸出手。他的手即将碰到母亲时，指尖却产生出一种异样的感觉。

粗糙的触感让笙一郎睁开眼睛。

母亲的皮肤与住院前相比光泽了许多，但毕竟上了年纪，除了皱纹，由于痴呆症，脸也变歪了。笙一郎本想用手指摸一摸母亲那有些扭曲的脸颊。

他突然觉得遭到了背叛，像泄了气的皮球，一屁股坐在凳子上，双手捂脸，内心嘶吼："不是我妈妈！这不是我妈妈！"

"水……"母亲的声音有些沙哑。

笙一郎抬起头。

麻里子看着他，此刻的瞳孔又变回浑浊。

"爸爸，"她叫笙一郎，"水，爸爸，给我喝水。"完全是个小孩的声音。笙一郎调整呼吸，把水递给母亲。

"喝不到嘛。"麻里子头也不抬地撒娇说。

笙一郎控制住自己的情绪，右手从母亲的脖颈下伸进去，扶起，左手把水杯送到她嘴边。麻里子干燥的嘴唇咬着杯沿喝了起来，喉咙上下蠕动。笙一郎觉得她喝得差不多了，想把水杯放回去，麻里子却挥手示意还要喝。

笙一郎调整了一下水杯的角度，想让母亲再喝点儿。这回，母亲却摇摇手，意思是不要了。笙一郎放好水杯，安顿母亲躺好。母亲满意地闭上眼睛，不一会儿呼呼睡去。

笙一郎看着母亲的脸，内心不堪重负，俯身趴在床边。

他努力回想母亲年轻时的模样——浓妆艳抹，穿着鲜红的超短裙，浑身散发刺鼻的香水味；不管笙一郎死活，差点儿害他饿死，自己却整天在外逍遥自在；被男人甩了之后大醉而归，抱着笙一郎说："对不起，妈妈再也不离开你了，再也不出去找男人了。"那时笙一郎的小脸上全是母亲的泪水。

麻里子发誓再也不找男人时，笙一郎正上小学四年级，那时候的他还没有去双海医院。

一开始，笙一郎当然不相信母亲的誓言。但母亲很认真地说了很多次，而且确实有三个月没找过男人。

于是笙一郎打算相信母亲。在母亲三十一岁生日那天，他想送母亲一份生日礼物。因为没钱，只能去公园、山上采野花；因为觉得普通的花束不足以感动母亲，所以特地逃了一天的学，从早采到晚，采回的花多到连大人的双手都抱不过来。

他还去学校附近的文具店偷了包装纸，把花包好；又从女同学那里抢来发圈，将花扎好，自以为那是天底下最美的一束花。

他想象着母亲看到花时满意的笑脸，一路蹦蹦跳跳地回家，本以为母亲会做好一桌生日大餐等着他，谁知母亲根本不在家。屋子里漆黑一片，矮桌上放着一万日元纸币，连字条都没有。

笙一郎整整三天没出门，每天盼着母亲回家。但结果等那束野花全枯萎、腐烂、发臭，母亲依然没回家。不久，笙一郎便被送去了双海医院。

愤恨、恼怒、憎恶……居然都敌不过对年轻时的母亲的怀念——笙一郎咬紧床单，听着母亲的鼾声，默不出声，潸然泪下。

4

梁平的眼前有个女人在抽烟。

川崎站开往横滨方向的站台上，临近深夜十二点，一个穿牛仔裤和红色卫衣的长发女人，看起来二十五六岁的样子，带着一个满脸睡意、五岁左右的男孩并排坐在长凳上，豪放地抽着烟。

梁平从小就讨厌抽烟的年轻母亲。每次看到这种女人，都会气不打一处来。

小学四五年级的时候，一个陌生的、抽烟的年轻女人打过他。此后他每次见到抽烟的年轻女人都会感到惊恐，甚至怕得昏过去。

十一岁在双海医院住院的时候，他想改变这种害怕看到女人抽烟的状况，试着抽过烟。

出院后，虽然能控制住自己，尽量不冲动，但其实并没有根治。每次见到这种女人，他不是扭过头去就是躲得老远。当上警察之后，查案时如果遇到抽烟的年轻女人，他会故意低下头强忍，集中精力在调查上。

此刻，不知为何，梁平一直盯着长凳上抽烟的年轻女人。那点着的香烟发出"滋滋"的声音，传至他的耳内。那臭味从鼻子一直钻进脑子，红色的烟头仿佛占据他所有的视野。

梁平晃晃悠悠地朝那对母子走去。这时，刚好电车进站，女人用怀疑的眼神看了梁平一眼，催儿子赶紧站起来。小男孩看起来很困，没什么精神，并没有马上起身。电车门打开，女人一脸凶相地把夹着烟的手伸向儿子。

从梁平的角度看去，女人手里的烟头直冲男孩的脸上戳去。梁平刚准备扑过去一把推开女人的手，却见女人的手指一弹，烟头掉在地上。

女人用鞋踩了一下烟头，然后抓起男孩的手："快点儿！"

男孩一脸可爱地抬头看着母亲："您会给我买……吗？"男孩说的玩具是梁平从没听过的一个名词。

"够了！别像你爸爸那样狡猾！"车门关上前的一瞬间，女人强行拉着男孩上了车。

电车驶开，站台上没了别的乘客。梁平站在长凳边愣了好久，刚才的一幕让他的内心久久不能平静。

女人扔在地上的烟头还在冒烟。梁平想到自己离开母亲的时候，和刚才那个男孩一样大。也许是因为和优希、笙一郎刚刚见过面，梁平不由得想起很多往事。

他中断思绪，把烟头彻底踩灭，坐上电车，在东神奈川站下车，步行前往奈绪子的店。到达的时候，木门敞开着，可以听到里面几个男人和奈绪子的聊天声。

"以后我就住在这里了！关门、关窗的事都包在我身上。"梁平听出是喝醉了的伊岛的声音。除了伊岛，还有另外两个朋友。梁平躲在电线杆后面看着里面。

一个是神奈川县警察总部的老警员，梁平见过；另一个年纪大的男人，虽然不认识，但从朴素的服装和给人的整体印象来看，应该也是长期从事警察或同类职业的人。

"我会把这件事儿和有泽敲定的。"还是伊岛的声音，在对奈绪子说，"现在，我们会替你爸爸张罗你的终身大事。我会和那小子说,快点儿定下来,不然我要生气了。那小子还有点儿孩子气,就得找个像奈绪子这样的稳重老婆。"

"伊岛先生,您别说了……"奈绪子劝道。

伊岛转向比他年长的朋友说:"我啊,简直不想让有泽负责刑事案件了。不是说他不行,相反,他非常机灵,在侦破刑事案件方面很有自己的一套,是个难得的人才!可他过分地正直,甚至偏执,有时连性命都不顾……那小子把内心的激情都发泄到罪犯身上去了。凭他那股狠劲,肯定能抓到更多的罪犯,但说不定什么时候自己也会受重伤……还不如老老实实地在这间小酒店里当老板。这也许对他来说并不合适,但我希望这样。虽然可惜了他这块做警察的材料,但毕竟让人放心。"

"好了,好了。"两个朋友一边安抚伊岛,一边拉着他往外走。梁平赶紧后退,怕被他们撞见。

"您走好!"奈绪子周到地把客人送出门。

梁平绕到后面的小巷中。

店的后门隐蔽在屋宅间的小巷里,屋子则被水泥墙包围着。梁平打开后院的铁门,经过一箱箱堆放着的啤酒,从后门走了进去。这里直通柜台后方。

他脱下鞋子来到料理台,打开碗橱取出酒杯,给自己满上日本酒,一饮而尽。倒第二杯时,送走客人的奈绪子回到了店里。

"吓我一跳!"奈绪子穿着竹青色的和服,在梁平看来却鲜艳夺目,"我还以为你今天不来了呢。伊岛先生他们刚走。"奈绪子说着走了过来。

梁平一手抱着一大瓶日本酒,一手拿着酒杯走出柜台。

奈绪子一边收拾桌上的餐具一边问:"肚子饿吗?给你做点儿吃的吧?"

梁平没答话，靠在楼梯边的墙上看着奈绪子的后背说："喂！"

"嗯？"奈绪子头也不回地应了一声。

梁平喝口酒润了润嗓子说："我们任何时候都可以结束。只要你说个'滚'字，我扭头就走……"

奈绪子没开口。

梁平的视线落在柜台一端摆放的深紫色菖蒲花上，想到刚才三个人见面的料理店里摆的也是菖蒲花，不过颜色稍浅。

梁平此刻闻不到花香，却想起优希身上的香味。

他转移视线，又给自己倒了一杯："刚才伊岛前辈说什么？"

"商量着给我爸爸过忌日的事。"奈绪子说道，语气一如往常，"以前和我爸爸一起工作过的老同事也来了，那人现在在一家保安公司任职。之前跟他没什么交情，今天他说了我爸爸年轻时的好多事。"奈绪子说到这里笑了笑，不管梁平爱不爱听，接着说下去，"他说我爸爸小时候跟着他妈妈，也就是我奶奶，两个人一起过了很久的苦日子。我爸爸每次得了奖状，奶奶就特别高兴。所以我爸爸立功受到表彰后总是笑嘻嘻地说：'我每次得奖，妈妈都特别高兴。'后来我爸爸成了老刑警，奖状得了几十张，记得他在这儿说过好几次'没那么高兴'。你好像也说过'那东西没什么用，根本不稀罕'。所以我曾经以为真是如此，但其实——因为太久远，所以忘记了——我记得我很小的时候，每次知道爸爸得了奖状，奶奶总会做很多好吃的等爸爸回家，还夸爸爸厉害，说他了不起。家里以前挂了很多奖状。爸爸退休后不久，奶奶就过世了，于是爸爸把所有奖状收进橱里。不知从何时起，爸爸变了，开始说得了奖状没什么可高兴的……伊岛先生之前也没听说过这些事，知道了以后，他认为这才是我爸爸热心工作的秘密，还说佩服我爸爸。我爸爸被罪犯刺伤的那次，是因为他追凶手追得太紧，结果……伊岛先生说，爸爸也许是为了让我奶奶高兴才拼命工作、争取立功得奖状的。"

梁平越听越难受，没等奈绪子说完，就抱着酒瓶上了楼。二楼的外间放着奈绪子父母和祖父母的佛龛，边上是壁橱，里面应该收着奈绪子刚才提到的几十张奖状。

梁平看着奈绪子父亲的照片，发现父女俩的鼻子简直一模一样。

"真是如此？"梁平小声嘟哝。

真是为了孝敬母亲？难道不是暗藏愤怒、想复仇的冲动？

梁平知道自己的想法非常扭曲，但就是不相信一个人因为孝顺可以那样地豁出性命。

为拯救自己所爱的人而付出生命，那还比较容易理解。梁平自己正是如此。为了优希，他就曾那么做过。只要认定自己是爱她的——哪怕只是幻觉——就能为她舍弃生命。梁平认为这样的行为确实存在。

然而，为了让父母高兴、长辈认可，就在工作或学习中逞强拼命、不顾一切，只为做出"成绩"，甚至不惜伤害他人……这么做真的只是单纯地出于孝心？这种看似为了孝顺而甘愿奉上性命的意识深处其实憋着一股强烈得快要爆炸的不甘心——"是你们要我加油的""是你们要我拼命努力、去战斗、不要认输的""你们看，我照做了，拼了命地做给你们看了，所以请表扬我！认可我！"……

事实上，十八年前，梁平曾在双海医院听过不少孩子发出类似的呐喊。

梁平摇摇头，将视线从奈绪子父亲的照片上移开，又给自己满上一杯。

"没劲。"

真的出人头地了又怎样？现在说这些还有什么用？

梁平走进里屋，开了灯，坐在榻榻米上，打开养着仓鼠的收纳盒。

仓鼠仔依偎在仓鼠妈妈身边睡得正香，仓鼠爸爸则单独待在另一边。三只仓鼠仔长得很快，白色的毛皮随着呼吸上下起伏。看着它们母子安详的睡姿，梁平起初尚觉得有些可爱，但渐渐地感到焦躁难捺，连自己都讨厌。

不管你们多可爱，等你妈妈的饿了，还是会随随便便把你们吃掉！梁平对脑海中只有负面想法的自己感到很生气。

他把收纳盒放回去，躺下，眼前因醉酒而摇晃。

梁平闭上双眼。

眼前浮现刚刚见过的优希和笙一郎，那身影正渐渐变成十二岁时的模样。

"为什么要见面？"梁平喃喃自语，"为什么来见我？"声音在被酒精麻痹的大脑里不断回响，渐渐地变成说过同样话语的另一个声音，从黑暗的深处强烈地反噬："为什么来见我？为什么事到如今还要来见我？你就这么想折磨我？"

八岁那年，父亲叫梁平去寻找两年前和父亲离婚的母亲。父亲对梁平说："你要是想让你妈妈和我们一起过，就尽可能地装可怜，死缠烂打也要把你妈妈拽回家。"

为了博得母亲的同情，父亲故意让梁平穿得破破烂烂的。将他带到母亲住的公寓前，反复叮嘱一定要多按几次门铃，说完转身离开。

开门的是个光着上半身的男人，比梁平的父亲年轻很多，头发偏长，个子很高，一见脏兮兮的梁平就朝屋里大叫。母亲一边扣衬衣扣子一边走出来，见是梁平，马上拉长脸，对那个男人谎称是姐姐家的孩子。

母亲拉着梁平来到公寓附近一座小公园的一角，厉声责问："为什么来见我？为什么事到如今还要来见我？是不是那个听妈妈话的男人叫你来折磨我？"

"奶奶生病住院了。"梁平说。

梁平说的是实话。奶奶住院后，父亲变得更加粗暴，殴打梁平的次数也越来越多。

梁平对母亲说，不是爸爸叫他来的，是他自己想妈妈了，希望妈妈能跟他一起回家。

可是母亲说："那老太婆早点儿死了才好！都是那老太婆过分地保护、宠爱，把你爸爸惯成一个自私自利的男人。什么县政府的公务员？整天自以为是，肚子里其实是一包草。这么大岁数的人了，还像个任性的孩子。我当年是年轻不懂事，相亲的时候被他的花言巧语骗了，进门之后才后悔上了当……你也可怜，有这么一个长不大的爸爸。"

"您和我一起回家好不好？"梁平惴惴不安地问。

"啪"的一声，一个巴掌打在梁平的脸上。

梁平四岁那年，父母打架时，梁平去劝，结果被打得不可开交的父母一把推开，额头撞到衣柜上，缝了好几针。还有一次，梁平被父亲打至头盖骨骨折。所以刚才母亲打他，梁平没有去捂脸，而是条件反射地双手抱头。

"真是个不讨人喜欢的孩子！"母亲一脸嫌弃地看着梁平。

梁平赶紧把手放下："妈妈，您打吧，我不疼。"

"闭嘴！"母亲大叫，刚扬起手，却马上停住。她把手放下，伸到裙子口袋里掏出一盒烟。梁平看着她从烟盒里抽出一支烟，吓得忍不住哆嗦起来。

母亲冷笑一声，把点燃的烟朝梁平的脸上戳去。

梁平赶紧捂脸蹲下。

母亲"啧"了一声，不高兴地说："逗你玩的，真没劲。"

"你听好了，"母亲开始长篇大论，"你的出生是个意外。我根本不想那么早要孩子，本想多玩几年，是你那个混蛋老爸忍不住，结果怀了你。我原本打算去打掉，谁知被那老太婆知道了，劝我生下来，还把我爸妈牵扯进来，你那混蛋老爸也发誓说会尽全力养我、照顾我。我信了他们的话，把你生了下来，谁知你那混蛋老爸什么事都不做，那老太婆也只是把我当传宗接代的工具，一天到晚看我不顺眼，我做什么、说什么都能挑出毛病来。你出生的时候，差点儿没把我疼死，但我以前是想好好疼你、爱你、养你、宝贝你的，可你呢？一天到晚只知道哭，根本不让我睡觉。而你那个混蛋老爸和那老太婆非但不帮忙，还骂我不会带孩子。你不但不知道帮我，还雪上加霜似的，不是发烧生病就是把家里弄得乱七八糟，除了添乱还是添乱，一点儿都不孝顺。就是因为你，我天天挨骂，烦得都不想活了。是真的受不了，你懂吗？当时真想放把火把那个破家给烧了。要是你那混蛋老爸像样一点儿，不对你奶奶那么唯命是从，也许还能过下去……总之，这个社会对女人一点儿都不公平。女人具有强烈的自我牺牲精神是家庭圆满的秘诀？说得轻巧！这世界就是这样。社会是男人的社会？要我说，这个社会是孩子的社会！去外面工作的最辛苦？明明是有工作的才最幸福！有工作就能挣到钱、得到褒奖、获得成就感，谁不乐意啊？虽然辛苦，可活得有价值，还能得到别人的认可，这就是幸福啊。你老爸那种男人明明有那么幸福的工作，却搞得好像自己有多辛苦，还总把老婆当老妈，任性自私得让人忍无可忍，所以我选择了自由。以前，我不仅要照顾你，还要照顾你那混蛋老爸和那个死老太婆。我倒想问问，我的人生是什么？我也是在父母疼爱下长大的，我的爸妈也当我是宝贝的,干吗非要跑去你们家挨骂受委屈?小时候,大人们都说男女都一样,是平等的,但稍微长大些就会发现完全不是那么回事。你也许算是这种社会矛盾的牺牲品吧!但我救不了你。我可担不起解决这种社会矛盾的责任。我没那么强大。跟你一起生活?那我俩都得完蛋。你不是有自己的家吗?我被赶出来的时候可是身无分文。你有那么好的家,又有爸爸和奶奶,多好啊!我告诉你一个可以感到幸福的办法:难过的时候,想想那些挨饿的非洲孩子,比比人家,你幸福多了!"

那时候,梁平忍不住哭起来,后来一直为此而懊恼。

母亲见梁平流泪,深深地叹了一口气:"你忘了我吧,这是为你好。让那些对男人、对家庭鞠躬尽瘁的女人去当妈妈吧,我已经受够了……生你的时候,那疼得!我真以为自己要死了。好不容易生下了你,当妈妈遭的罪不知比你多了多少倍呢!电视上有个艺人说过,不得已抛弃孩子的母亲要比被抛弃的孩子更痛苦。我也一样。我的痛苦是你的几十倍、几百倍,而且以后岁数越大,就会越痛苦。真的,我也很痛苦……"

梁平看到母亲在流泪,却不觉得她在哭。从眼睛里流出来的不管是什么液体,似乎都可以叫"眼泪"。但在梁平看来,那只是从眼中流出了一些水,仅此而已。母亲把梁平丢在公园里,一个人回了家。

梁平把脚下的蚂蚁、西瓜虫一个个都踩死。突然,他看到母亲扔掉的烟头还在燃烧。

他捡起烟头,戳在自己的指甲上,却一点儿都不觉得烫,因为他胸中感到的灼烧要比这烟头烫得多。他想忘掉这种热度,于是使劲地把烟头往下按,直到火灭了、肉焦了,胸中的灼烧感依然没有丝毫减弱。

父亲见梁平独自回家,劈头盖脸就是几巴掌。梁平被打倒在地,父亲对他又踢又踹。

"都怪你!"父亲大声喝道,"那贱人跑了,你奶奶病了!都怪你!要是你没有出生,大家都能过好日子,你知不知道?"

梁平双手抱头,默默地忍受着这种"都是为了让他成为好孩子"的家教。

父亲一脚踹在梁平的头上,疼得他跳了起来。

周围的光线很暗,卡其色窗帘在路灯的照射下微微泛白。

梁平用那双已经习惯暗夜的眼睛看了看自己,二十九岁的、现在的自己。他发现自己正坐在被褥上,长裤和衬衣已被脱掉,身上盖着被子。

旁边的被褥早已铺好,却不见奈绪子的人影。梁平看了看挂钟,荧光材质的指针显示已是深夜两点多。

来到楼下,看到一楼的卫生间亮着灯,梁平松了口气。

就在这时,他听到洗手间传出呕吐的声音。

梁平不由得心里一揪。奈绪子虽然开店卖酒,但她从来不喝。

奈绪子从没对梁平说起过什么,但梁平的直觉告诉自己,奈绪子的身体有情况。

交欢的时候,梁平一直都很注意。但如果喝多了酒,还是会有控制不住自己的时候。梁平很清楚不能在奈绪子的身体里结束,但那种好像不知何时会突然切断开关的感觉常常让他情不自禁地放纵……虽然每次事后,梁平总会懊恼地骂自己没出息。

梁平害怕悲剧重演,但内心似乎潜意识地想要让悲剧重演,甚至怀疑自己是故意而为。

让奈绪子怀孕,然后抛弃她……或者让她生下孩子,再让那孩子接受自己小时候受过的那种"家教"……梁平怀疑自己心里也许真的有这种阴暗的欲求……

梁平对自己说：不，其实自己从来没想过要么做，一直不希望悲剧重演。

然而，一旦喝多了，就会控制不住自己，粗暴地占有奈绪子。之前每个月，梁平都会惴惴不安地观察奈绪子的生理期，但再次见到优希之后，梁平就忘了去关注。

洗手间传出冲水声。身穿蓝色睡衣的奈绪子走了出来，看见楼梯口站着的梁平，吃了一惊，但立刻挤出笑脸："你吓到我了。要用洗手间，是吧？"说完，从梁平身边走过，打算上楼。

"喂……"梁平伸手想去拉她。

奈绪子故意躲开，快步走上二楼。

梁平追了上去。

奈绪子的语气有些强硬："你想干吗？还不去洗手间？"说完逃也似的跑去里屋，在仓鼠窝的边上背对梁平坐下。

梁平站在门口说："喂……"

奈绪子没搭理，自顾自地拉开放仓鼠的收纳盒。明明光线很暗，她应该看不清里面的仓鼠，但还是装出在认真看的样子。

"你是不是……"梁平问。

奈绪子打断道："没事的，阿梁，我不会给你添麻烦。"

梁平吞了口唾沫："什么意思？"

"我觉得我可以过下去。"

"你说清楚！"

奈绪子的视线依然对着仓鼠："这栋房子离车站很近，周边又安静，应该能卖个好价钱……有了这笔钱，就算暂时不工作也能过一段日子。我会离开这里，省得你看到我觉得碍眼……"

梁平觉得害怕，浑身开始哆嗦："你当真？"

奈绪子没回答。

"你搞什么！"梁平大叫，声音似惨叫。

奈绪子显然被吓到，但随即故作无所谓，笑着回头看梁平："干吗这么大声？什么事都没有。茶泡饭吃坏了肚子而已。"

梁平并不接受奈绪子的说辞："刚才你说要把家卖了？"

"那只是我的一个梦。"奈绪子假装开朗地拍了一下手，"我做了一个奇怪的梦，好像还没有完全清醒过来，也许是我刚才去洗手间起得太急了。睡吧，今天好累。对不起，吵醒你了。"奈绪子说完，放回装仓鼠的收纳盒。

梁平害怕奈绪子说出真相，没敢追问，只是默默地看着钻进被窝的奈绪子。

"怎么还不睡？我先睡了哦。"

梁平听奈绪子说完，才走进房间，在被褥上坐了一会儿。奈绪子一直背对着梁平。

梁平虽然躺下，却怎么也睡不着，连眼睛都闭不上。

收纳盒里吱吱作响，仓鼠好像在故意折腾，还把鼻子顶在透明的收纳盒壁上，仿佛在对梁平说："嘿嘿，是你的崽哦！"

梁平坐起身，想问什么，却开不了口。他把手伸到奈绪子身前，按住她的小腹。

"别……"奈绪子以双手护住腹部。

梁平把手抽走，一时语塞。

"睡吧，阿梁。今晚，先睡吧……"奈绪子的背部在发抖，声音里充满了拼命压抑的感情。

梁平想趁奈绪子身体里的小生命还没成形，处理掉。一个新生命的诞生会让不安、痛苦。对悲剧的恐惧和近乎憎恶的情感在他心中骤然上升,他想把一切都告诉奈绪子,然后趁现在就消灭那苦恼的种子。

但这关系到奈绪子的性命……梁平咬住自己的拳头。

他索性拿起身边的衣服穿上。

"阿梁……"

梁平走出房间,不顾身后哭泣的奈绪子,觉得自己现在回头只会伤害她。

下了楼,梁平在后门穿上鞋,出门走到街上。

潮湿的空气缠住他的身体。像是为了甩开这恼人的湿气,他飞快地跑出寂静无人的小巷。

梁平觉得浑身如火烧般灼热,眼前宛如有烈焰在熊熊燃烧,耳边仿佛能听到干枯树叶燃烧的声音,鼻子似乎能闻到皮肤烧焦的味道。这声音、味道直钻入他的大脑深处。

5

女人来到一条平时根本不会走的路。

她上身穿一件黑底银色大蝴蝶印花罩衫,下身是一条花朵图案的窄腿裤,脚踩方便行走的绣花鞋。为了遮盖脸上的皱纹,她的妆化得很浓,但因长时间站着工作,此刻的妆容已有些脱落,黑眼圈也显得很严重。化妆包、空饭盒、手帕等被她胡乱塞在手提包里。

"搞什么嘛!混蛋!……"女人边走边骂,在多摩川绿地旁的自行车道上向南行走,路上只有她一个人。此处位于多摩樱医院与武藏小杉站之间,自行车道两边种着栀子花,白色的花朵开放在夜色中,散出甜得发腻的香气。

女人甩着手里的手提包,打在栀子花上,花碎坠地。

"我过的这算什么日子!"

女人正在回家的路上。她在南武线的平间站东口商业街大厦地下的一间酒吧做事。老板雇她做掌柜,说好每月上缴一定的营业额,超额的都算作她的收入。酒吧很小,只有一个吧台。除了她,还雇了一个兼职的女孩。卖的大多是啤酒或兑水的烧酒,配上几样简单的下酒菜,算是有几个常客。

十二点,关了店门口的招牌灯,兼职的女孩就会回家,她得自己陪着那几个常客聊到凌晨两三点,听他们抱怨工作或家庭。她今年五十六岁了,身体已然吃不消,但又不能赶那些常客走,不然营业额就上不去。每天回到单身公寓时,已是半夜三四点。平时,她会为了应酬,陪着客人喝几杯,但今天她是自己主动喝了一杯又一杯。

看她满脸愁云,连那些常客都觉得有点儿不对劲,问她是不是遇到什么烦心事。

她之所以这么不开心,都是因为小女儿责备了她,现在想起来仍会忍不住眼泪汪汪。三十岁的大女儿很早就嫁去群马县的高崎市,基本断了联系。二十四岁的小女儿也结了婚,住在东京丰岛区的公寓里,和她同岁的丈夫在运输公司工作,夫妻俩有个五岁的儿子。

女人昨天上午去小女儿家看外孙。她离婚四年来,一直是一个人过,习惯了夜间工作,却觉得白天的日子有些漫长,所以想去看看外孙的笑脸,寻求慰藉。

她刚到小女儿家时,小女儿正要带儿子出门学英语。

"还在上幼儿园,这么小就去学英语?"她好心地提醒。

小女儿一听就没好气地说:"您懂什么?现在不努力,一辈子都别想过好日子。"话音刚落,便朝想赖在家里不去学习的儿子的脸上扇了一巴掌。

女人吃惊地赶忙制止："干吗打孩子啊？你这当妈妈的太过分了。"她抱着外孙，简直不忍心看外孙被打的小脸。

小女儿狠狠地瞪着女人："说得轻巧！我小时候，妈妈您就是这么打我的。"

她很困惑："胡说。"

小女儿怒目相视，凑到她跟前："您不记得了？"

她确实不记得。虽然她自认为在管教孩子方面是有些严厉，但不记得自己这么重手地打过孩子。小女儿用怪罪的语气继续说："从上幼儿园开始，无论是学书法还是学钢琴，稍微有些懈怠，耳光就上来了。过马路的时候稍微走快一点儿，您就使劲拽我，把我的手腕都拽出淤青了，之后还说这点儿小淤青算什么，臭骂了我一顿。跟您去超市买东西的时候，不小心碰倒了堆在一起的罐头，连超市的人都说没关系，您却不知道哪来的火气。我哭着认错，您还是不放过，当着众人的面赏了我两记耳光。这些您都忘了？"

"我那都是为了让你成为好孩子啊……"

"对啊，我现在也是为了让我的孩子成为好孩子，所以打他。用不着您来教训我，更别在我的孩子面前教训我！"小女儿不管儿子哭得有多伤心，叫嚷着把儿子拉到自己身边，"您老拿我和姐姐比，说我这个不行，那个糟糕，总之就是个笨小孩。我结婚，您也反对，说什么不能嫁给连高中都没读完的男人。所以呀，我得让我的孩子从小就好好学习。对女儿那么严格，在外孙面前倒要当好人？您别总对我的孩子说一些让他讨厌我的话。"小女儿说着，伤心地哭起来。

女人一时语塞，不知该说什么才好。女人几乎是被推着走出小女儿的家，买给外孙的玩具也被塞了回来。

"您要是觉得我这个当妈妈的太过分，那也随便您。我有我的教育方法。"小女儿说完,"砰"的一声,把门关上。

也许是和女婿闹了变扭,心里有气无处发泄吧——女人在心里反反复复对自己这么说,但她始终想不通,实在接受不了时至今日被小女儿指责自己的教育方法不对。她那么做,还不都是为了让姐妹俩能过上人们眼中的幸福生活?

至少女人自己从小就希望能过上一般意义上的幸福生活。女人的父亲是公务员,表面看起来很和善,但其实很窝囊,喝了酒,只会大发脾气,把平日里积压的怨气全发泄到妻子和孩子身上,经常动手打她们。她在学校里听说有的同学从来没被父母打过之后,更加讨厌自己的父亲。但她更讨厌自己的母亲,每次父亲动手时,母亲都一味地逆来顺受,从不敢违背父亲的意志,只会在孩子面前发牢骚。尽管如此,她还是会安慰母亲,帮母亲做家务,照顾弟弟和妹妹。

她中学毕业后,在一家纺织厂做事,边工作边学习。她参加过秘书资格考试,也参加过美容师资格考试,明明考前准备得很好,但一上考场就发昏,所以都没能考到资格证书。她属于到了关键时刻就掉链子的人。

小时候,父亲常常骂她笨,说她没用。母亲也一直对她说,社会上竞争那么激烈,像她这么缺心眼的,迟早会上当受骗,一事无成。结果真的被母亲说中。

经中学同学的父母介绍,她从纺织厂转到了百货店工作。没过多久,认识了销售部的一个男人。男人向她求婚,她没弄清楚对方是不是真的爱她,就答应了。因为周围的人都当她是傻子,那男人却说要娶她,所以她稀里糊涂地以为那就是真爱。

然而,新婚生活根本毫无幸福可言,她整天在严厉的婆婆和挑剔的小姑之间煎熬度日。因为婚后没有马上怀孕,她一直承受着很大的压力。好不容易生了孩子,却一连生下两个女孩,婆婆和丈夫对此都很不高兴。她觉得在家里，除了孩子，其他的都不属于她，于是把所有的爱都倾注到孩子身上。

但孩子们一点儿都不让她省心，又哭又闹又任性。她把孩子当成自己的唯一，孩子却似乎故意和她作对，这让她极度焦躁不安。丈夫永远站在婆婆和小姑那一边，从不袒护她，她因此非常郁闷，有时真想把孩子掐死，然后自杀。她唯一有自信的是，她对孩子的爱是丈夫或婆婆的好几倍。

因为自己没能实现自立，她把这个愿望寄托到孩子身上。钢琴、书法、珠算……她为女儿报了一个又一个的兴趣班，还因为希望女儿能活得有个性，建议她们去上游泳课和画画课；孩子取得好成绩时，她马上表扬鼓励；一旦偷懒逃课，成绩没提高，就立刻生气发火，有时候抬手就打。"你们比我小时候的日子好过得多了，有什么理由不努力……"

她并非没有怀疑过自己的教育方法是否正确，为此多次向丈夫征求意见："你也和孩子们说说呀。"但丈夫以工作繁忙为由，事不关己地说："你看着办就行。"每次都推卸责任，敷衍了事。

她只能一边参考邻居家的做法，一边按自己的想法做下去。她只有一个愿望，希望孩子将来自立，能像朋友一样与她共同生活。

然而，大女儿刚工作没多久就远嫁；小女儿也说满十八岁就结婚，结果嫁给一个连稳定工作都没有的中学同学。她曾让小女儿再好好考虑一下，为此还找大女儿商量过。没想到大女儿却说："因为妹妹也想早点儿离开您！"她那时候才明白过来，原来大女儿一直觉得和自己一起生活是一种束缚。她为此受了很大的打击。

她去劝小女儿不要为了赌气而结婚，谁知小女儿却告诉她自己已经怀孕。女人去问自己的丈夫怎么办，那男人依旧说不管。那个自从孩子出生就什么都没管过的男人在孩子眼里反而是个"好爸爸",这让女人怒不可遏。

两个女儿都有了自己的孩子之后,女人觉得自己应该从长年的忧郁中解放出来了,于是提出离婚。谁知两个女儿都责备她:"您怎么能扔下爸爸?"

她觉得明明是丈夫早就不要她了,女儿们却那么说……

她本想一死了之,却忽然想起自己的母亲。当时,女人的父亲卧病在床,母亲日复一日地辛苦照顾父亲。有一天,她看到母亲一脸冷漠地给父亲换尿布,忍不住抱怨道:"您不能温柔点儿啊?爸爸那么可怜。"她从未给父亲换过尿布,却对母亲说出那样的话。

最后,她还是离了婚,把那个早就想离开的家留给丈夫,自己拿了存款和现金。租下一间公寓的时候,她感觉终于得到了自由,睡到再晚也没人骂,几天不洗衣服、不打扫房间也没人管。她感受到有生以来从未享受过的轻松、自在。

不久,她开始在超市打工。她的邻居原本在酒吧当女掌柜,女人常把自己做的小菜分给邻居。邻居觉得很好吃,说可以拿去店里卖。果然,她做的小菜很受店里顾客的欢迎,邻居就让她去酒吧帮忙。酒吧的工作时间只有超市的一半,收入却翻倍。更主要的是,她觉得如果去酒吧做事,白天就可以有自己的时间,而且晚上一个人确实太寂寞。在此之前,她结婚前和父母、婚后也一直和家人同住。现在,一个人确实自由,但习惯独身之后,寂寞也随之而来。

随着时间的流逝,她对去酒吧工作的排斥感也日益减少。她不但做的下酒菜很好吃,而且总是很有耐心地听客人们发牢骚,渐渐地,越来越多的客人是冲着她来酒吧。

她一直对两个女儿说,该做这个,该做那个,唠叨个没完,却从没有好好地与两个女儿谈过心。但对客人们的牢骚,她倒是很有耐心。她可以笑着对客人说"别太勉强哦"。对吹牛皮的客人,哪怕一听就知道是谎话，她也会很认真地听完，然后点头夸赞："好了不起！好棒啊！"客人对她说，来这里找她聊天感觉很放松、很安心。她说："没事的，你已经做得很好，过程比结果更重要。"男人听到这种安慰，会笑得像个毫无伪装的少年。

两年前，邻居病倒了。老板让她接手。那些常客也答应关照她。

有时她也会苦笑、感叹，以前只是平凡的主妇，怎么不知不觉就当上了酒吧的女掌柜？另一方面，她也更加感到生活的空虚。客人都把她当妈妈一样亲近，但她和自己的女儿始终无法和解，外孙也和她不亲近。她真的希望和女儿的关系能稍微缓和一点儿，外孙能和她亲昵一些。

但每次见面都没法好好说话。即使她一开始是在夸奖，说着说着就变成了责怪，每次都会变成说教、训话的语气。

结果昨天，小女儿反过来"教育"了她。

随后她去酒吧上班，一直不能释怀，喝多了。

客人走后，打烊已是凌晨三点左右。平时太累时，她会坐出租车回家，但她今天想走一走，不想那么早地回那个寂寞冷清的家。她沿着多摩川沿线的大路步行，但觉得路上的车辆太吵，于是走上了靠近河边的自行车道。

走着走着，她已经偏离自行车道，来到河边的绿地。也许是太累了，她想扑倒在草地上，甚至想在河面上漂一会儿。

这时，她看到河边好像站着一个人。

这么晚了，在河边干吗？

河对岸的工厂的灯光映照出一个耷拉着肩膀的寂寞人影。

她一点儿没觉得害怕，觉得伫立在河边那个人影看起来和她一样，对生活感到空虚和绝望，似乎会有共鸣。她忍不住想上前搭讪。

她走到离河水更近的草丛。

她母亲的故乡有一条在山间流淌的清流。小学时,每年暑假,她都会和母亲一起回老家,在那条河里游泳。河的一端有一块大岩石,她最喜欢从岩石上往河里跳。河流深处是浓重的青绿色,她记得跳入水中之后,会被冲到岩石下方,总觉得那里好像藏着什么,感到非常害怕。但那种与未知事物相遇的期待感又让她内心激动。她曾经希望能一直待在水里。

突然,她似乎闻到了故乡的绿色香气与河水的味道。

那个人听到她的脚步声,吃了一惊,猛地回头。

安装在自行车道上微弱的路灯灯光几乎照不到草丛这边,所以她看不清那人的脸,但她感觉这人应该和自己的大女儿年纪相仿。她原以为那人会和自己意气相投,结果却让她失望。

她主动开口:"干什么呢?散步?"

那人没回答。

她从包里掏出香烟问:"有火吗?"

那人并没有靠近她,她的出现似乎让对方疑惑不安。

她冷静下来:"我又不会吃了你。"说完,从包里掏出打火机,点燃香烟抽了起来。周围非常安静,烟丝燃烧,发出"嗞嗞"的声响。

她深深地吸了一口烟,喃喃地说:"你的父母都还健在吧?"其实她并不在乎答案。

"对于生下你的人,你好好地感谢了吗?"

她突然想到了死,有些孩子气地觉得,如果自己死了,女儿们肯定会为她们的言行而后悔。

她从那人身边走过,继续朝河边走去,看见对岸灯光照射下的摇曳河面。

她继续吸着烟,烟叶"嗞嗞"燃烧。

"如果还健在,记得要好好感谢,好好珍惜……"她闭着眼,自言自语。

眼前仿佛出现了她父母的身影，并排站在那里。父亲咋舌道："你这个没用的东西！"母亲皱着眉头说："你这么缺心眼，迟早上当受骗，一事无成！"

她转过身对那人说："不珍惜生你、养你的人，等于不珍惜你自己！"她依然看不清那人的脸。她不觉得是在对某个特定的人说话，更像是在问自己的影子："你说是不是啊？"

她希望得到赞同，但心里也涌起想惩罚自己、祈求原谅的心情。

"做父母的都不容易，不可能做到十全十美。所以就算有什么不满，做儿女的也应该原谅，特别是做母亲的，遭了很多罪……"

她的眼前浮现出婆婆的身影，想起婆婆骂她的时候也曾泪眼婆娑地抱怨："我那时候遭的罪更多呢。"婆婆都没上过学，从小就被送出去干活，手上满是皱纹，龟裂红肿。婆婆整天念叨着自己这辈子"亏了，亏大了……"。

"必须原谅啊！"

她仿佛也看见了前夫，一会儿是不停抱怨"工作好累啊"的身影，一会儿又是说着"是男人就得出去拼"、勉强自己努力工作的模样。对于那样一个男人，以前的她只会冷眼旁观地说："谁叫你是男人！你不努力谁努力？"

"谁都不是神仙，所以不能全怪他。"

接着，两个女儿的身影也浮现在眼前，她们都在责怪她的教育方法有问题。

"做妈妈的已经尽力了。我不是天生就懂得该怎么做妈妈的呀。就算我有错，你们也该原谅我。原谅我吧……"

她双脚无力，在草丛里蹲下身子。仍在燃烧的香烟落入草丛中，不一会儿，便闻到了青草被烧的焦味。

这味道让她想起小时候看到母亲在小院子里烧枯叶干草的情形，那是母亲挨了喝醉酒的父亲一顿痛打之后的第二天早上。母亲一个人默默地烧着枯草，满脸寂寞与不甘。女人此刻仿佛再次听见母亲深深的叹气声。

"妈……"就在她喊出声的一瞬间，后脑突然被重击。

但她并没有觉得疼，反而期待击打能来得更猛烈些。

河面上倒映的对岸灯光开始摇晃，她回想起小时候家乡的那条河，顺着湍急的河流，冲上一块岩石。

她感觉自己仿佛被抛至空中，蓝天无限宽广，俨然近在咫尺。她觉得自己即将被吸入空中，好害怕，又好安心，感到很快会有庞然大物包围住自己。她甚至有一种被选中的优越感。

后脑再次被重击。

她肩膀着地，陷入草堆，右侧肋腹部朝下倒在地上，脸朝上，感觉脑后有温热、黏稠的液体正在流出。

睁眼看去，深蓝色的夜空铺开，那片深邃的蓝色之中有几处微光闪烁。倏忽之间，光被遮住——那个人影朝自己扑了过来。

她并没有感到害怕，因为她分明看到对方在流泪。她觉得那人也许不过是个幻影。突然，那人紧紧地掐住她的脖子。

她喘不上来气，意识越来越模糊，草与水的味道却越来越浓郁。

乘着飞速的河流冲上岩石——她仿佛看到了自己儿时的模样。她被抛至空中，再次落入河中。

水花四溅，沉入水中，无数白色泡沫包围住她。那泡沫闪着银光，在她耳边一个一个地破裂，发出轻柔的声响。

泡沫消失，周围扩展成青绿色的清澈世界。水流中出现一块巨大的岩石，下方似乎藏着一个未知的世界。她向那个世界伸出手。

向着无声、寂静、深邃的远方……慢慢沉至青绿色的河底。

第四章

一九七九年初夏

1

优希背对波光粼粼的大海。

海水从她身上落下,打湿沙子,发出声响。

她看着对面青葱的群山,侧耳倾听,好像有人在叫她。

不过,背后传来的海浪声和左右两个少年的喘息声将其他声音彻底盖过了。

她的视线落在脱掉的内衣和外衣上,这才意识到自己赤身裸体。她感到无比羞耻、悔恨,越发厌恶自己。她狠狠地踢了一下脚边的沙子,向前跑去。

短发里滴落的海水滚进眼睛,一阵刺痛。她举手抹了一把。左腕的纱布散开,松松垮垮地耷拉着。她觉得难以忍受,干脆一把扯掉,扔在地上。

"你去哪儿?"

"你的纱布!"

两个少年在优希身后大叫。

优希没有回头。

她先捡起自己的内衣迅速穿上,然后边跑边捡起散落在地上的棉布长裤、衬衫和背心。因为怕被少年们追上,所以没立刻穿上,而是直接抱在怀里朝松林跑去。

优希再次拨开绣线菊走下土堆,又有很多小白花掉落。

在医院后院围墙的阴凉处,优希正打算穿上背心时,发现身上粘了不少绣线菊的花瓣。

她走到阳光下。在太阳的照耀下,身上的白色花瓣闪闪发光,像装饰用的亮片。

"优希!"有人叫她。

优希抬头一看，是志穗和两名白衣护士正从后门朝她跑来。

优希匆忙穿上背心和裤子。

志穗走到优希跟前，一脸不悦地看着优希湿漉漉的头发和脸，嗓音嘶哑地说道："你到底想干什么……"

护士们打量着优希的状态，其中一个问："到海里去了？"

优希还没开口回答，从后门过来的雄作紧张地追问："去了？"

优希终究没有回答。两名护士一人一边，扶着优希走在前面。优希的父母跟在后面，一起朝医院后门走去。

走进医院后门前，优希回头看了一眼。开满绣线菊的土堆上，两个少年正朝自己这边张望着。

护士让优希冲了个澡，换上睡衣款的白色病号服。

她们先送优希去外科包扎手腕，给她缠上白色纱布。确认没有其他外伤后，再带去精神病科。

一位姓土桥的医生把优希单独请进诊室，自己坐在她对面。

土桥看起来三十七八岁，瘦瘦的，看上去很老实，但没有孱弱感，而是给人以内心坚定的印象。他有一张长脸，戴着银框眼镜，脸上挂着温和的微笑。看着土桥，优希联想到高原的野生山羊。

土桥问优希去海里做什么。

优希不回答，被问到姓名、年龄等简单问题时也保持沉默。

"你想去游泳吗？不过现在天气还很冷。"土桥不急不躁地说，"你知道为什么会来这里吗？你知道这里是做什么的吗？你自己同意来这里吗？"

三个月前，优希开始绝食并拒绝上学。志穗带她去当地一家精神病诊所就医。虽然雄作反对，但在志穗的坚持下，优希勉强答应接受一周一次的心理辅导。七十多岁的老医生经常对她说："你随便说些什么让我听听吧？"

有一次，老医生见优希紧闭双唇，就亲切地抚摸着她的头问："怎么了？"优希觉得自己被抚摸过的地方好像腐烂了一般，难以忍受。她朝老医生脸上吐唾沫，又朝责备她的护士的小腿上踢了一脚，跑出诊所。

优希毫无目的地漫步街头，回过神来的时候，已经身处夜间繁华的市中心。一群醉鬼看到优希，一边嚷嚷着"小屁股真可爱"，一边在她的屁股上乱摸，一个醉鬼甚至一把将她抱起。优希狠狠地咬了一口自己缠着纱布的左腕，然后一阵恶心地吐了醉鬼一身。那群醉鬼被优希的模样吓跑了。优希把呕吐物涂满全身，躲到没人的地方，这才稍微感到安心。后来，巡逻的警察发现了优希。

警察把优希送到儿童辅导站，请那里的医生替她看看。护士为她换纱布时，优希突然抢过医用剪刀，朝原本受伤的左腕狠狠地扎下去。

儿童辅导站的工作人员、医生和精神病诊所的老医生都劝优希的父母让她住院接受治疗。精神病诊所的老医生推荐了双海医院。

一周前，优希的父母特地来双海医院看过。医院从老医生及优希的父母那里了解过优希的情况。

土桥医生继续说："你是不是对来这里有些困惑？你家住濑户内海那边，跑这么远来这里，是不是觉得有些不可思议？"他稍微朝优希靠近些，"有些事，我们最好先说清楚。你很讨厌别人故意瞒着你，对吧？给你看过病的角田医生和这家医院的院长是大学同学。角田医生希望你在条件更好的医院里住上一段时间，等情绪平复下来，再慢慢地解决问题，所以向你的父母推荐了这家医院。你父母之前来参观过，觉得很放心，就带你来了。医院的女孩病房正好有一个空床位，我们正在考虑接收你入院。不过最终是否入院，还要看诊断的结果和你父母的态度。大概就是这样，明白了吗？"

优希不回答，也不点头。

"决定是否接收你入院的所谓诊断，其实就是听听你自己的意愿。换句话说，就是要问你是不是真的想在这里把病治好。"

优希依然沉默不语。

土桥见状，故意夸张地、像在表演似的张开双臂："怎么样？这里是普通的综合医院，不会把你关起来，也不会监视你。这里有护士姐姐，也有护士哥哥，他们都会照顾你的日常起居，但绝不会监视你。医院的大门一直敞开着，只要你想好了要离开，医院不会阻拦。换言之，我们不会强迫你入院，因为那根本没有意义。"

土桥放下手臂，从办公桌上拿起一份材料："如果入院，就要遵守医院的规矩。我们事先已经把这份规章制度和日程安排表交给你的父母。你听他们说起过吗？"

优希依稀记得几天前志穗似乎说过，但优希当时一个字都没听进去，什么都不记得。

"在这里住院的是各种患病的、受伤的、残障的孩子，所以规矩是必须的。预定接收你入院的那栋病房楼里住着有各种症状的孩子，他们都在努力地活着，目标是在精神上获得自立。他们在设立于医院中的学校里就读，在床边学习，自己更换床单，自己洗衣服。没有人会故意要不愉快地和大家生活在一起，因为不高兴的心情可能会让病情加重，所以那些不遵守医院规矩的孩子或意志力减退到无法遵守规定的孩子，很遗憾，我们不能接收。"

土桥停顿了一下，把材料放回桌上，继续问道："怎么样？你想留在这里吗？无论你的父母再怎么认为你应该住院，也无论医院的人再怎么努力，如果你自己不想治疗，治疗就不会有效果。你怎么想？有什么要求？"

优希对医院完全没有要求，因为她根本不抱任何希望。她觉得眼前这位态度温和的医生很伪善。她也很讨厌整座医院挥之不去的消毒水的味道，对她来说，那是一种强加于个人的清洁，其实很臭，臭得让她恶心。

她不想住院，但也不想回家。正在思考该怎么回答时，她的眼角余光突然注意到有什么东西在跃动。

进入这间诊室后，优希几乎一直低着头。穿过窗户的阳光照在奶油色地面上，在地上映出一个斜斜的窗框。也许是因为云朵在流转，光影的浓淡微妙地发生着变化。不知不觉间，光框中映入了树叶与花的影子，那影子微微震颤如涟漪。

优希抬起头，透过诊室的窗户看到院子里有一棵树，树上开满了铃铛似的小黄花，像是给枝头系上了无数的黄色蝴蝶结。

树的后面是院墙外的一座座小山，群山从鹅黄到深绿，树叶错落缤纷。再往高处看，树丛中有可爱的白色小花在风中摇曳。

优希的家在山口县市中心，周围是繁华的商业街，到处是水泥与人工的颜色。当然，如果走远些就能看见不少青山绿树。然而现在，优希见到的颜色与光线的组合让她感觉非常新鲜。

土桥顺着优希的视线回头看了看："啊，染料木已经盛开了。"指着窗外的小黄花，"就是那棵开着黄色小花的树，也叫金雀儿，金子的金，麻雀的雀，儿童的儿，因为在近处看起来好像小麻雀努力展翅飞的模样。"

"山上的白花呢？"优希脱口问了一句，但马上有些后悔。

土桥假装没有注意到优希的表情，故意看向别处，对优希说："哦，那应该是棠梨花吧，和苹果是一类。秋天结的红色果实与樱桃相似，不过我没吃过。我吃过覆盆子，再往山里走一点儿就能找到。"土桥转脸看着优希，"我们经常组织住院的孩子集体爬山，作为一种治疗的方式。你看,爬山很难吧?你爬过山吗?哪怕是一座小山,要爬上去也不容易哦。但是一旦爬上去,就能获得很大的成就感,身体和精神都能得到锻炼,还能增进友谊、加强团队精神……"

土桥再次转向窗外,指着远处说:"出了医院大门,向国道方向转弯,过了公路就是一条登山道。开始的阶段坡度不大,越到上面路越陡。向上爬不久,就可以到达被称作明神山的山顶。虽然海拔才六百多米,但站在山顶,往北可以看到濑户内海,往南可以看到四国地区的群山。天气好的时候,还能看到东南向的灵峰,那是西日本的最高峰,我们每年去爬两次。"

"灵峰?"这个词引起了优希的注意。

土桥看着优希说:"就是神山。"

"神?"优希看着土桥的眼睛,暂时忘记了羞耻与焦躁。

"你知道什么是山岳信仰吗?"土桥一边选择措辞一边说,"有些特定的山是神降临之地,或者山岳本身就包含了神的意志。这些都可以成为人们信仰的对象。"

"神……为什么要降临?"优希不太懂。

土桥歪着脑袋思考了一下,说:"应该是为了拯救人类吧。大家去爬山,都是为了求得神的拯救,为了祈求在这个世界、在来世——也就是死后的世界——都能获得幸福。甚至连背都直不起来的奶奶拼了老命去爬那座险峰呢。"

"真的能求得拯救?"

"这个……"

"你不是爬过嘛!你刚才不是说每年去爬两次吗?"

"哦,我已经不知爬了多少次,至于有没有求得拯救嘛……"土桥的脸上露出一丝苦笑,"来世是死后的世界,得死了以后才知道。我呢，本来就不是特别相信，也没许什么愿望，所以神没有管我吧？不过，我带孩子们爬过这么多次山，一次事故都没有，应该是神在保佑我们吧？姑且不谈有没有神，有一点可以很肯定，就是爬山后，心情会变得特别好。每次爬山都会有新鲜的感受。出一身大汗，拼命向上爬——说拼命可一点儿都不夸张——登上山顶后，和山下的世界完全不同的风包围住自己的时候——这么说也许有些玄乎——真的有一种得到重生的感觉。"

"重生……"

"也许是因为我生在东京，长在东京，大自然对我来说特别稀奇，所以会有这种感觉。"

"我……可以去爬山吗？"

"你？"

"如果我入院，是不是就可以去爬山？"

"你想爬山？"

优希没有回答。

土桥观察着优希的表情："那座山很难爬，不是所有入院的孩子都能去，必须是身心恢复了健康、确定要出院的孩子才能去。平时也得经常练习，适应爬山疗法。还要本人报名，家长同意。每年两次，分别在八月中旬和四月初，爬那座山的目的是鼓励和祝福孩子们重新开始，迎接新学期或新学年。"

优希闭上眼睛，想象着素未谋面的神山的模样——高耸的山峰直冲云霄，强劲的狂风呼啸而过，她站在山顶，神光从天而降，助她重生……

土桥的声音打断了优希的遐想："如果是对面明神山的登山疗法，住院后马上就能参加。只要你有好好住院、解决问题的信心，虽然叫做登山疗法，但其实很轻松。一边爬山，一边观赏花草树木和小鸟，抓抓虫子，然后下山。对了，现在正是苦莓开花的季节。虽然名叫苦莓，但其实一点儿都不苦，汁水特别甜。马上就要结果了，把果子碾碎后，味道可香了。"

优希潜意识地闭上了眼，去寻找那股香甜。

但优希并没有闻到莓果的香味，只闻到海水的咸湿味。回过神来，刚才浮现在眼前的山景已经消失，变成碧波无垠的大海。

十字架状的波光耀眼闪烁，海浪声令耳朵苏醒，波浪之间是那两个少年的脸。为了救她，他们向她伸出了手……不，是在向她求救，他们对优希大喊"救救我们"。怎么回事？他们到底是谁？

"怎么了？你没事吧？"土桥担心地问。

优希睁开眼。

坐在对面的土桥又问了一遍："你没事吧？"

优希叹了一口气："住这里……我要住这里。"

土桥有些吃惊："你想住院？"

优希点点头。

土桥将眼镜片后面的眼睛眯成一条线："好。不过，你父母担心你还会跑去海里。刚才说过，我们不会把你关起来，但这里离海很近。你刚才的举动让你父母很犹豫是否让你住院，我们也很担心。"

"没关系。"

"什么没关系？"

"我再也不去了。"

"再也不去海里了？"

优希点点头。

"能告诉我，你刚才为什么跑去海里吗？"

优希没有回答。

"以后未经允许,不可以去海里,好吗?"

优希使劲地点头。

"我们当着你父母的面作个保证,好吗?"土桥说完,叫来了优希的父母。

志穗和雄作不安地坐到优希身边。

土桥和善地笑着,对优希的父母说:"优希说想住院,有信心解决自己的问题。"

雄作有些不放心:"真的可以吗?万一又跑去海里怎么办?"

志穗也点头,表示担心同样的问题。

土桥转过脸对优希说:"我们来作个保证,不再随便去海里,好好住院治疗。这是你的决定、你的意愿。一定要说话算话哦。"

优希对土桥点点头。

"请你亲口说出来,让爸爸妈妈放心。"

"再也不去海里了。"优希说。

优希一家三口跟着一名年轻的护士离开诊室,朝访客管理楼的另一头走去。打开后门,来到楼外,经过水泥走廊,看到相通的另一栋病房楼。

穿过两栋洁净的病房楼,再朝里走,来到医院角落处,这里有一栋L形的建筑物。

之前去海里的路上,优希曾见过这栋病房楼,当时就觉得比起别的住院楼,这里有一种阴森的气氛。

"久坂优希同学,以后你就住在这里。"看起来二十岁刚出头的护士好像生怕优希一家搞错,特地指着病房楼上的"八"字说,"这里是八号楼。如果听到医院广播说'八号楼的请注意',那就是说你们。"

八号楼是一栋两层楼房，由白色混凝土柱子和浅褐色砖墙构成。如果不是L形，也许有人会以为这里是一所小学。

一楼的窗户一半以上都拉着象牙色窗帘，但里面好像无人居住。二楼虽然有阳台，但都被蓝色的网封住。

优希身后的雄作问护士："上次来的时候，我没有注意，阳台为什么都用网封起来？"

护士示意因为优希在场，不方便说，只回答："稍后向您解释。"

护士拉开玻璃大门，进门是瓷砖地面，角落里摆着垂叶榕，左侧是木质鞋柜。护士把优希专用的鞋箱号码告诉她："不要搞错鞋箱，不要把自己的鞋放进别人的鞋箱，会引发混乱哦。"

优希换上志穗为她准备的拖鞋——没有任何装饰的粉色拖鞋。志穗和雄作则换上医院为访客准备的茶色拖鞋。

病房楼的结构是走廊居中，病房分列两侧。除了大门处之外，阳光照不进来，所以天花板上的荧光灯在白天也亮着。铺着水蓝色油毡地板的走廊看起来水淋淋的，上面残留着清洁剂的味道。

沿着走廊笔直向前，是护士值班室。护士台比普通医院的要矮一些，可以清楚地看到里面的护士工作的样子。

"这里是游戏室。"护士指着大门右侧的玻璃房间说。

游戏室里铺着绿色地毯，里面有三个看起来像小学低年级的孩子，还有穿护士服的成年男女，拿着绒毛玩具或画具正尝试与孩子交谈，但孩子几乎没有任何反应。

不仅是游戏室，整栋病房楼都听不到孩子的声音。这让优希觉得有些意外，她本以为这里会很吵。

护士留意到优希的表情，说："你也觉得很安静，是吧？现在是上课时间，大家都去教室了。"

游戏室的对面是诊室，门上贴着卡通贴纸。护士对优希说："刚才你去的是外来患者诊室，以后在这里接受治疗和心理咨询。"

诊室前面是各间病房的出入口，和很多其他医院一样，病房没有门，只挂着门帘。护士介绍说，一楼是女孩的病房，二楼是男孩的病房。

来到护士值班室，里面的两个护士都微笑着向优希打招呼："你好！"

优希没有任何反应，雄作和志穗赶紧代她点头问好。

护士值班室的斜对面有一间大房间，里面摆着很多桌椅。

"这边是食堂。"带路的护士继续介绍，"吃饭要在食堂里，不能带回房间。哪怕是零食，也得在食堂吃。记住，只能吃医院准备的零食，自己买的必须经院方工作人员同意才可以吃。食堂不仅是吃饭的地方，生日会等各种活动也都在这里举行。只有这里有电视机，病房里没有，由儿童会——就像学校里的学生会——决定看哪个频道。之后会向你详细说明。"

护士转向雄作和志穗，说："父母来看望孩子也是在食堂。为了避免影响那些没人来探病的孩子的情绪，请不要去病房看您的孩子。"雄作说"明白了"，志穗也点点头。

护士指着食堂入口边上的公用电话介绍说，使用电话一般不受限制，无需批准，但深夜和清晨禁止打电话。另外，不能打太久。

经过护士值班室时，走廊突然变了角度——护士值班室位于L形的折角处，转弯后继续向前笔直延伸十米。从护士值班室可以清楚地看到各间病房的入口处、两侧走廊的前方以及走廊尽头处的紧急出口。

护士说，这栋楼之所以建成L形，就是为了让护士在值班室能及时看到病房楼内的各种状况。优希一家听得似懂非懂。

护士值班室的边上是通往二楼的楼梯，楼梯前是厕所与盥洗室。带淋浴的洗澡间在二楼。

原则上，从门口到食堂这个区间的病房是小学女生入住，从食堂到里面这个区间的病房是中学女生入住。现在空着一张病床的那间是中学生病房。

"你已经六年级了，应该没问题吧？"护士想和优希拉近距离，语气故意很随便。

优希的病房在走廊走到底的左手边，一进门就能看到墙上挂着四块牌子，写有四名患儿的名字。最下面的那块牌子最新，上面用记号笔写着：久坂优希。

现在病房里没别人，据说都去上课了。病房布局和其他医院的四人间差不多，中间是过道，左右各放两张病床。病床的旁边有铁质的课桌和椅子。优希的床在进门靠右。

床上铺着洁净的床单，桌上什么都没有，浅绿色墙壁上有几处贴过透明胶的痕迹。

"抽屉没锁，重要的东西可以放在护士值班室，那里有每个人专用的带锁储物柜。"护士说完，优希扫了一眼其他几张病床。

优希隔壁病床的被子叠得很整齐，床上没有任何装饰，墙上什么都没贴。桌上堆着很多看起来晦涩难懂的书和笔记本，很多书名中都带"死"字。

这张床对面的床和桌上摆满了可爱的木偶和布娃娃，桌子上方的墙壁上贴着好几张动漫海报。

优希对面的床上没有布娃娃，桌上整整齐齐地摆着很多教科书，但床边和桌子上方的墙上贴满了各种凶器或武器的图片，有长刀、短剑、手枪，还有古代兵器如棍棒、斧子……

护士对优希说："这是你生活的地方，要保持整洁。可以贴自己喜欢的海报或照片，但要事先征求医生的允许。今天向你介绍了医院的很多规矩，也许你会觉得麻烦，但这些其实都是为了你好。如果觉得有些要求实在做不到，不要憋在心里，一定要说出来。"

护士接着又对雄作和志穗说："十分钟后，食堂见，到时候再介绍详细的作息时间。"说完点头致意，转身离开。

病房里很安静，优希听到父母在叹气。

雄作把手里提着的旅行包往桌上一放，先开了口："木偶和布娃娃还好理解，可满墙的大刀、手枪是怎么回事？这都可以？这地方真的行吗？"

志穗连忙打断："你现在说这些想干吗？"

优希走到窗前，发现并没有想象中的铁栏杆，只是普通的推拉窗。窗外种的树上长出嫩绿的新叶，右手边像是两座罐状的净水塔，稍远处则是高高的围墙。

志穗尽量克制内心的烦躁，对着优希的后背说："优希，你在这里好好改掉坏毛病，别再弄伤自己，别再骗人，好好听医生的话。你可以恢复的，听到了吗？"

"要你管！"优希头也不回地看着窗外。她好想喊，好想叫，但结果只是有气无力地说："你们和聪志三个人好好过吧。我这辈子就住在这里了。"

"又来了，你这孩子……"志穗气得发抖。

优希双手捂住耳朵，不想听母亲责备。

"你想干吗？"志穗说着，走到优希身后拉住她的手。优希强烈反抗。

雄作赶紧冲过来挡在母女俩之间，护着优希对志穗说："优希从今天起就得一个人生活了，孩子心里感到不安，你当妈妈的怎么能这么逼她？"

然后转头对优希说:"优希啊,别自暴自弃。你只是在这里住几天,好了就出院回家。如果恢复得快,下周六就可以临时出院。不用勉强自己,不想说话就不说,怎么舒服怎么来。知道了吗?"

优希本来不想回答,但感受到志穗正用发火的眼神盯着自己,只能勉强地点点头。

"要是你觉得这间病房住得不舒服,或者对医院的规矩有什么想法,爸爸替你去说。"

"算了。"优希摇摇头。她对医院的厌恶感并没有丝毫减少,只是觉得,说了又能怎样?凶器或武器的图片、繁多的规矩,对她来说都不是什么问题。她现在一心只想去爬那座神山。

"我们去食堂吧。"雄作把手放在优希的后背上。优希温顺地和父亲并排走出病房,志穗跟在后面。

三个人快到食堂的时候,突然听到从食堂边的楼梯上传来"咚咚咚"的脚步声与孩子的叫声。

"放开我!疼!"

"逃学不上课!去哪里了?衣服弄得这么湿,到底去哪里了?快说!"

优希先是听到一个男人的低沉的声音,紧接着,看到楼梯上突然跑下来两个少年,下楼后头也不回地朝大门跑去。优希没看清他们的脸,只看到他们光着上身,手里各攥着一块纱布。

两个少年中,一个身材矮小、寸头,另一个是瘦高个,头发偏长。护士们从值班室跑出来,张开双手拦住他们,厉声喝道:"干什么?回去!"

一名三十岁左右、穿白袍的男护士从二楼追下来,从背后一把抓住两个少年的手。

"放开老子!"矮个少年大叫一声,两个少年同时转过身。

优希终于看清他俩的脸。进入病房后,这是她内心第一次泛起涟漪。少年也看到了优希,同时瞪大眼睛惨叫:"啊!"

外号长颈鹿、短发、小个子、身手敏捷的少年痛苦地呻吟:"骗人的吧……"外号鼹鼠、长发的瘦高个少年也说:"不是真的吧……"像是在问优希,又像是在问他们自己。他们当即放弃抵抗,任由男护士将他们拉拽上楼。

优希看清楚他俩手里攥着的正是自己那条被扯断的纱布。不过周围的大人并没有注意到三个孩子之间的微妙表情。

两个少年上楼后,雄作再次担心地问道:"这地方到底行吗?"

志穗冷冷地说了句:"够了!"说完,拉起优希的手,径直走向食堂。

优希对两个少年的出现感到既吃惊又困惑,头脑的混乱让她暂时忘记了对医院的厌恶和初来乍到的紧张。

2

长颈鹿和鼹鼠被带回二楼后,继续被追问为何逃学、衣服是怎么弄湿的,但二人始终一言不发。从海里上岸后,他们都去抢优希扔在沙滩上的纱布,结果一扯为二,每人手里各留一半。

之后,他们从消防楼梯上了八号楼的二楼,在盥洗室里把上衣扔进洗衣机,冲洗了身体,刚要回病房,就被男护士撞见了,被问话。二人甩开男护士的手跑到一楼,没想到在那里看见了优希。

长颈鹿和鼹鼠都对见过优希的事只字不提。男护士问了半天,没问出答案,最后作罢,说按照医院规定,给他俩各扣一分。

八号楼有几条严格的规定。医院的治疗方针是让孩子们学会有秩序地集体生活,把握好自己与社会的距离,懂得保持相互依存与自立之间的平衡。对违反规定者进行扣分的规章制度就是按照这一方针而制定的。

看护人员根据孩子违反规定的事由和程度进行扣分。原则上，累计被扣超过十分，会被劝退。

这次，长颈鹿和鼹鼠因无故旷课被各扣一分。

其他被扣分的还有：六点半是规定的起床时间，除生病以外，赖在床上超过二十分钟以上者；未经允许吃零食者；在患儿之间借钱者；因抢夺电视频道而起争执者；收听音乐等不插耳机、外放发出声音者；忘记轻声关门、节约用水且经多次提醒后不改者。这些都会被扣一分。

熄灯时间过后还在病房里吵闹或在病房之间乱窜者，包括当事人，同病房的所有人都要被扣一分。

大多数情况下是扣一分，但打架或欺凌等一旦被发现，扣五分；目睹这种情况却知情不报者被视为同罪；打架或欺凌情况严重者，或被当即劝退。

其实大部分孩子正是因为没有打架或欺凌的力气才来住院，所以在医院里不大会看到此类情况。真有力气打架的孩子早已出院。

长颈鹿和鼹鼠回到自己的病房，换上体育课的运动服。鼹鼠的是红色的，长颈鹿穿蓝色的，颜色不同，但款式一样。

长颈鹿依旧没能平复情绪，在病房里走来走去，不停地嘟哝："是在做梦吗？真的是她？"说着还叫出了声。

鼹鼠每次都回答道："不是做梦，真的是她。"他坐在自己的床上把纱布铺平，再重新卷起来。

长颈鹿走到窗前，用攥着纱布的右手轻轻敲打窗户："她竟然要在这里住院！"

通向阳台的二楼门窗都被封死，不能打开。被称作"小组会"

的集体疗法在阳台上进行，但只能从大会议室穿过去。就算窗户被砸开，外面还有蓝色的网，所以没法欣赏风景。听几个年长的患儿说，因为几年前有住院的孩子从阳台上跳下去企图自杀，所以采取了这种措施。

"她是不是追来这里找我们的？"长颈鹿说。

鼹鼠不以为然："肯定是早就定好了要来住院的。"

"为什么要去海里？"

"不知道。"

"早就定好要来这里住院？意思是……她也有问题？"

"有时候到这儿来才是对的。如今这个世界，想要活下去，就得来这里。"

"可不是嘛……她多大？应该和我们差不多吧？"

"马上就知道了。新病人入院后，会在食堂介绍给大家。"

养护学校分校的下课铃响了。二人跑到楼梯处朝下张望，又被那名男护士训斥："回去！待在屋里自习！到了洗澡时间再过去！"

今天是周二。每周二和周四是男生洗澡的日子，周一、周三和周五轮到女生洗。洗澡间不大，原则上，四人一组分批洗；如果病情特殊，也允许单独洗。鼹鼠喜欢和别人一起洗，因为他害怕洗到一半时突然停电。如果真的停电，估计他会吓到发疯，甚至昏过去。长颈鹿则坚持一个人洗，不愿在别人面前裸露身体，为此还大闹过两次，一次是在住院前，另一次是在住院后。

住院前，学校有教游泳的体育课，但长颈鹿从来都不去。老师问他为什么，他也不回答，因此一直被同学嘲笑。一年前的某天，他被同校的几个不良少年扒光了衣服，就在他被扒掉短裤的一瞬间，那些不良少年一个个惊得当场愣住，不由得松了劲儿。于是长颈鹿一跃而起,直接去戳不良少年头目的眼睛,差点儿把对方弄瞎。

入院后,长颈鹿一直拒绝洗澡。可以一个人洗之后,才终于同意去洗澡。但有个专爱打听别人秘密的中学生偷看了长颈鹿洗澡,然后在洗澡间外嘲笑他。长颈鹿发现后,一下子扑了过去,把那个中学生的脸咬下一块肉。因为当时长颈鹿刚入院不久,所以没有被劝退,但那个中学生后来自己转院走了。

当时处于亢奋状态的长颈鹿光着身子跑出来咬人,是鼹鼠递给他一块浴巾,二人因此成了好朋友。还有几个孩子见过长颈鹿的裸体,于是根据他的皮肤特征,给他起了"长颈鹿"这个外号。

其他几个患儿和他一样被允许单独洗澡,其中多为女孩。

这天,男孩们按照年龄从小到大的顺序,依次开始洗澡。五点半,所有人洗完,各间病房天花板上悬挂的小喇叭里传出悠扬的音乐,通知可以吃晚饭了。

长颈鹿和鼹鼠冲在最前面,一路跑下楼梯,来到食堂,坐在自己的位子上,等待优希到来。

在这里住院的女生目前有十五人,加上优希共十六人,床位全满。两天前有个中学男生出院,所以男孩目前共十五人。

食堂里四人一桌,中间是过道。男孩靠窗坐,女孩靠过道坐。如有需要,经协商可以换座位。

座位本身没有规定,只是不知不觉间,最前排坐的是四年级及以下的低年级患儿,之后是五、六年级,第三排是中学一、二年级,第四排是中学三年级。最后的第五排是进食障碍症较严重的患儿以及和别人一起坐就吃不了饭的患儿的单人座。

长颈鹿和鼹鼠坐在第二排,等待少女出现。

大型配膳车由从孩子中选出来的值日生推进食堂。厨房建在管理楼的边上，负责所有患儿的餐饮，提供的都是普通膳食。

只有患肾脏病或心脏病的儿童需要准备特别的饮食。八号楼的患儿中虽然有出现厌食症状或过食呕吐症状的孩子，却依然被分配普通膳食。不纵容孩子，是医院的治疗方针之一。

看护人员这时也都来到食堂，督促不吃饭的孩子快点儿吃；提醒吃太快的孩子慢慢吃，多咀嚼；看到闹情绪地把勺子扔地上、好像回到婴儿状态的孩子，则耐着性子捡起勺子，温柔地安慰孩子别着急，别害羞。

对那些拒绝进食的孩子，院方不会勉强他们，而是会先进行心理辅导。如果连续多日一直不肯吃饭，医院会作出判断，以继续待在这里无法得到改善为由，劝病人转院；如果没症状、没理由却不吃饭，则会被扣分。

长颈鹿和鼹鼠坐下后不久，其他孩子也陆续走进食堂。

除了一个小学低年级的孩子发出怪声以及几个孩子像往常一样自言自语之外，其他人都安静地坐在自己的位子上。

每个人的座位一旦坐定，就基本不会变。有些孩子如果被别人坐了自己的位子，就会暴躁、哭泣，甚至逃回病房。因为所有人都有差不多的症状，所以大家会互相提醒，彼此注意，只在每次有新患儿加入时才可能出现上述状况。

吃饭时穿什么衣服是自由的。有的穿得很花哨，有的穿以前的学校制服，也有像长颈鹿和鼹鼠这样穿运动服的，还有换上睡衣的。

等大家都落座，五十多岁、体型微胖、气质端庄的护士长走进来，站在前方的小台子上。

"今天来了一位新朋友。"护士长温柔地笑着说。

长颈鹿和鼹鼠屏住呼吸，关注着食堂入口。

3

优希被护士推着走进食堂。

乱哄哄的食堂顿时安静下来，优希觉得好多双眼睛在注视自己。

她已经换上自己带来的衣服——牛仔裤和黑色运动服。优希的父母则站在食堂外。

护士长向优希招手，向大家介绍："这位是久坂优希，小学六年级。"

座位上的孩子窃窃私语。优希听到有人说："和我们一样。"

优希朝人群看去，在第二排看到了在大海里遇见的两个少年，他俩正目不转睛地看着自己；有人不以为然地看了看优希，有人把脸转向一边，有的则自顾自地玩着发梢或手指上的肉刺。

护士长小声问优希："想和大家打招呼吗？"

优希摇摇头，视线落在对面的墙上。

墙上贴着住院孩子的画，有的精致地画着森林或大海，也有漫画风格的，还有恶心的大眼球或细胞分裂似的抽象画。用色也各种各样，有些用几十种颜色细腻地呈现出华美的景象，有些则偏执地全部使用暗色系，还有海是红的、山是紫的之类不可思议的用色。优希还看到一幅底色全黑、用针刺出洞、透出光的作品。

护士长对孩子们说："希望大家和优希成为好朋友。优希刚来，有不懂的地方，希望大家多多帮助她。"

坐在第四排的一个女孩举起手，护士长点了她的名字。留着童花头、中学生模样的大块头女孩站起身粗鲁地问道："对这个新来的，我们应该注意些什么？"

护士长看看优希，问道："有吗？希望大家怎样？不希望大家怎样？这些话不用客气，请直说。"

优希想说，不希望任何人干涉自己的自由。但初来乍到，不知道该不该说，干脆什么都没说。

那个女孩哼了一声："这样没法给她起外号了。"说完，一屁股坐了下去。

护士长招呼优希和一名护士去送父母离开。雄作与志穗得马上走，因为八号楼不允许家属留宿。

"好好遵守这里的规矩，听医生、护士的话。"志穗反复叮嘱。

"没关系，我们优希很快就能出院。等可以临时出院了，爸爸马上来接你。"雄作把手放在优希的肩上，微笑着鼓励道。

优希送父母到大门口，身后站着护士。优希隔着玻璃窗看着一步三回头的父母渐渐远去。

她低声问身边的护士："臭不臭？"

"什么？"

"我……臭不臭？"优希眼睛不看护士，又问一遍。

护士愣了一下，反问："我没闻到……你觉得有味道？"

优希没回答，径直走回食堂。

其他孩子已经开始吃饭。优希按护士的吩咐坐在第二排。

孩子们都是自己去拿饭。优希也在护士的催促下，去配膳车那里拿了饭，回到座位上。今天是炸鸡块套餐配果汁。

护士们劝了优希好几次，但优希一口都不碰。

"你不舒服吗？今天是第一天，可以原谅你。明天再不吃，就要扣分了。不是故意为难你，是饮食对心理健康有很大的影响，是为你好。"一名护士有些严肃地说。

几个小学低年级的女孩时不时回头看优希，一个三四年级的女孩走到优希的身旁问："你不吃啊？"

优希摇摇头。

女孩安慰似的拍了拍优希的膝盖，回到自己的座位上。

过来和优希说话的只有那一个女孩。和她同桌的另外三个女孩都没看过她一眼。

优希感到隔壁桌的两个少年正盯着自己，故意没理他们。

晚饭时间快结束的时候，优希身后的一个女孩突然歇斯底里地大叫："我再也受不了了！"护士们赶紧跑到她身边，几个人扶着她走出食堂。让优希感到惊讶的是，别的孩子竟完全不为所动，不慌不忙地吃到晚饭时间结束。

按照病房楼的规定，饭后到晚八点，可以在食堂看电视。食堂前后方各有一台电视机，看哪个频道，由患儿投票选出的儿童会的委员长和副委员长选定。儿童会每周一次在食堂开会议事。

在护士的指挥下，孩子们各自将餐具放回配膳车。年纪小的孩子围在食堂前方的电视机前，中学生则看后面的那台。前面的电视里在放卡通片，后面的在播新闻。

也有不喜欢看电视的，特别是中学女生，选择回自己的病房。

优希跟着人群走出食堂。她感觉两个少年好像在后面追过来，赶紧加快脚步，但发现两个少年并没有追近，也没有叫她。优希觉得就算他们叫她，她也不知道该怎么回应。

优希甩掉两个少年回到病房。因为男女生禁止串门，所以两个男生没有跟来。

同屋的另外三个人已经在屋里。优希坐在床边的椅子上，不去看同屋人。吃饭前，她们和优希一家见过面。当时优希站在那里，什么都没说，是雄作和志穗点头说"请多关照"。那时候，这三个女生都没开口。

优希斜对面、靠窗床位的少女上中学二年级，身高一米五左右，体重像超过一百公斤，眼睛很大、很可爱，但似乎一直处于失焦状态。优希的父母打招呼的时候，她谁都没看。此刻，她正穿着花裙子和床上的一堆布娃娃嘟嘟哝哝说个不停。

优希对面床位的女孩穿T恤和军装风的卡其色裤子，身材中等，却很结实，壮硕的左臂上文着一个"杀"字，但看上去像自己文的。她始终紧锁眉头，满脸怒容。优希的父母打招呼的时候，她瞪了优希好几眼。现在，她正在贴满凶器和武器图片的墙边"哼哧哼哧"地做俯卧撑。

优希隔壁床的少女读中学三年级，异常干瘦，全身的骨头看起来好似一碰就断，脸色苍白，眉清目秀，长发及腰，文静乖巧。她身穿褶边连衣裙，像在模仿以前少女漫画里的女主人公，正坐在桌边在纸上"刷刷刷"地写着什么。写着写着，她突然停下笔，用纤细、沙哑的声音问："我写字的声音是不是很吵？"

别人都没理她，只有优希把头转向她。

瘦弱的少女朝优希笑了笑："可以让我写完吗？"

不知就里的优希暧昧地点点头。

"谢谢你。这是我的最后一篇日记，也可以说是我的遗书。"声音轻得仿佛下一秒人会消失。说完，她继续在笔记本上写。

优希回过头来，毫无感觉地对着桌子发呆。

八点半，有人敲病房的墙。

一开始，优希觉得和自己无关，但后来发现被敲的是靠自己这一侧的墙，于是扭头看了看。只见门口站着好几个中学生模样的女孩。

"长得蛮可爱的。"

"头发有点儿怪，是自己剪的吧？"

"装腔作势，给她讲讲规矩！"

女孩们并不进屋，而是挤在门口七嘴八舌。在食堂举手发言的大块头女孩挤在最前面。

"新来的!"她依然是粗鲁的架势,"你知道那东西的用法吗?"

优希不懂她在说什么。

大块头不耐烦地说:"问你会不会使用卫生巾!"大块头一副要打优希的架势。

优希勉强地点点头。

大块头少女一个人走进优希的病房。病房里其他三个人好像什么都没看到、听到,继续沉浸在自己的世界里做自己的事。

"你听好了,一定要好好处理!"大块头走到优希身边,压低声音,用轻蔑的眼神俯视优希,"有的人什么都不懂,在楼道里一边流血一边走。好几个看到那血都吓傻了,很多还不会用。有的在家里弄脏了,被父母骂;有的在学校里被同学嘲笑,甚至被推到草地上……你!说你呢,别给大家添麻烦,听懂了吗?你要是乖乖听话,没人会动你。告诉你,我们彼此都是地雷,谁也别碰谁。你要是来招惹我,倒霉的是你自己。"

大块头不屑地笑了笑,回头看了身后的女孩:"这些人,有的平时看起来很文静,可要是你惹到她,她会发疯,用活动铅笔戳瞎你的眼睛。你也一样吧?表面看起来挺老实,说不定是个狠角色,没人知道惹到你会怎样……刚才在食堂里问过你要注意什么,对吧?要是有,趁早说出来,别到时候突然爆发,给大家添乱。我说的,你听懂了吗?"

优希想了想,点点头。

大块头点点头:"好,你说,最不希望别人对你做什么?"

"干涉。" 优希小声回答。

"你是说不想被人干涉?"

优希点点头。

第四章 一九七九年初夏 215

大块头冷笑："如果是这样，你来这里干吗？谁都不喜欢被人干涉。我没问你这个，还有别的吗？"

优希一时不知该如何回答。

大块头不耐烦地"啧"了一声："算了，再说，估计用不了多久就清楚了……你别逞强出头，一个人安安静静地过你自己的日子，谁也不会来干涉你。我会知会大家的。"说着，回头看了一眼身后的女孩。她们纷纷点头。大块头又转头对优希说："我们各有各的'炸点'。记住！最重要的是你别干涉别人。别人干什么，你都别插手。无论看见别人做了多么蠢的事，都别笑。另外，从今以后不管谁和你说话，你都不能无视。就算不张嘴，至少要看着对方，表示你在听。这是为你好。懂了？"

优希只是点头。

"我叫母马。"大块头自报家门后，又把优希同屋人的名字一一告诉优希，但都不是病房门口牌子上的名字，而是外号。

"不许记真名。"母马意味深长地笑着说，"听到别人的外号，先查一下字典。看你的模样，应该是个聪明人，稍微动动脑子，应该会明白其中的意思。你要是住院时间长，就给你起一个，但在确定外号前，先叫你'新来的'。"

母马没再多说，和门外站着的几个女孩一起走了。同屋的三个女孩始终保持沉默。

优希虽然听得懵懵懂懂，但母马说过，只要管好自己，她们就不会来干涉她。一想到这里，优希总算松了一口气。

八点五十五分，通知熄灯的音乐声响起。同屋的女孩纷纷拉上自己床边的隔帘准备睡觉。

优希隔壁床那个皮肤苍白的女孩凄惨地笑着对优希说："永别了，虽然我们刚认识。"说完拉上隔帘。

优希正要拉上隔帘睡觉,一名没见过的护士走进来问候优希:"怎么样?还行吗?第一天也许会有很多不习惯,但应该很快能适应。这是医生给你的。"说完把一杯水和一粒药放在桌上。优希用眼神询问"这是什么"。

"这是镇静药,能助眠。"

护士帮优希拉好隔帘,走出病房。不一会儿,病房里熄灯了。

优希躺在床上看着天花板发呆。虽然走廊里有灯光,但病房里几乎什么都看不见了。优希想到自家的木纹天花板,这才有了住院的真实感。

优希睡不着,整夜都听到隔壁床传来的啜泣声,但主要还是因为她自己不能平静下来。

优希没吃镇静药。她并不想一不小心就睡着,因为她有一种莫名的恐惧,害怕有什么东西不知什么时候会过来。

然而,什么都没来。隔壁床的女孩终于睡着了,对面床的女孩也开始打呼噜。走廊里时不时传来孩子的哭声、突然的惨叫声、护士的安慰声、疾行的拖鞋声。每当听到人声或脚步声,优希都会紧张得身体僵硬,但并没有人来拉开她的隔帘。

过了很久,天花板渐渐变亮,窗外传来小鸟的叫声。没人来过,谁都没来侵犯优希。由单薄的隔帘围起来的桌子和病床构成小小的空间,这是被认可的、只属于优希的世界。

随着身心紧张的消失,优希睡着了一小会儿。当起床的音乐声将她唤醒时,周围已大亮。

优希看了看枕边的手表,六点半。她听见同屋人都在起床的动静,于是起来了。虽然睡得不够久,但头脑很清醒,甚至可以说神清气爽。过集体生活的时候能有一个只属于自己的空间,这让优希觉得非常满足。

早饭比较简单,有面包、浓汤、色拉和牛奶。优希全部吃完。早饭后,护士长叫她去游戏室,里面没别人。护士长让优希坐在小圆凳上,自己坐在优希对面,温柔地笑着说:"昨天睡得好吗?"

优希点点头。

"早饭都吃了吧?真棒!有件事想问问你,我们这里每周一、三、五是女生的洗澡日,规定是四人一组。你和别人一起洗可以吗?"

优希有些犹豫。在别人面前脱光了洗澡,实在让她有些难受,于是回答:"我不想和别人一起洗。"

护士长浅浅一笑:"能清楚地表达自己的意见,这很好。在家的时候是自己洗还是和家人一起?"

"自己。"

"其实我希望你和大家一起洗。一来,可以节省时间;二来,一个人洗容易出事。无论如何都没办法和别人一起洗吗?"

优希摇摇头。

"好吧。"护士长叹了口气,拍了一下膝盖,"那也没办法。我和医生商量一下。另外,从今天开始,你得去上学。我让同年级的孩子给你带路。"

优希走出游戏室,来到护士值班室,护士介绍两个同年级的女孩给她。其中一个身材和优希相仿,但一直在抖腿,拖鞋的鞋头上上下下、不停地击打着地板。另一个又高又瘦,上身穿长袖衬衫,下身是超短裙,大腿小腿都细得像树枝。她似乎对自己的身材很满意,不屑地看了优希一眼,在她耳边嘀咕了一句:"你太胖了。"

护士长把三个人送出病房时叮嘱道:"六年级还有两个男生,大家要团结友爱哦!"

优希昨天收到医院的平面图,大致知道养护学校分校教学楼的方位。从八号楼出发向东走,经过急诊科的第一、第二病房楼后方,再从呼吸科的第三病房楼和慢性肾脏科的第五病房楼中间穿过。

教学楼是位于医院最北边的一栋两层楼房,隔着中庭,对面是两栋并排的楼房,一栋是心脏病科的六号病房楼,另一栋是外科的七号病房楼。医院里没有四号楼。

刚认识的新同学告诉优希,小学生在一楼,中学生在二楼,六年级的教室在一楼最东侧。

优希走进教室,在大海里遇见的两个少年已经坐在里面。